张炜中篇系列

黄沙

张　炜／著

人民文学出版社

图书在版编目（CIP）数据

黄沙／张炜著．—北京：人民文学出版社，2018
（张炜中篇系列）
ISBN 978-7-02-014588-1

Ⅰ.①黄… Ⅱ.①张… Ⅲ.①中篇小说—小说集—中国—当代 Ⅳ.①I247.5

中国版本图书馆 CIP 数据核字（2018）第 205044 号

责任编辑 李 磊
装帧设计 崔欣晔
责任印制 徐 冉

出版发行 人民文学出版社
社 址 北京市朝内大街 166 号
邮政编码 100705
网 址 http://www.rw-cn.com

印 刷 中煤（北京）印务有限公司
经 销 全国新华书店等

字 数 74 千字
开 本 880 毫米×1230 毫米 1/32
印 张 5.375 插页 2
印 数 1—5000
版 次 2019 年 1 月北京第 1 版
印 次 2019 年 1 月第 1 次印刷

书 号 978-7-02-014588-1
定 价 36.00 元

张 炜

当代作家。山东省栖霞市人，1956 年出生于龙口市。1975 年开始发表作品。

2014 年出版《张炜文集》48 卷。作品译为英、日、法、韩、德、塞、西、瑞典、俄、阿、土等多种文字。

著有长篇小说《古船》《九月寓言》《刺猬歌》《你在高原》《独药师》《艾约堡秘史》等 21 部，创作有中篇小说《蘑菇七种》《秋天的思索》等若干。

目　录

黄　沙

“它们淤满了，我就把它们再提走。我使的是土筐，一筐一筐把它们提走……”

一

黑影里，有个小火点儿一闪一闪的。坷垃叔“吱吱”地吸着烟，嘴里不时地咕哝几句。他吸烟能吸出那种声音来，这让屋里的几个年轻人多少有点嫉妒。吱吱的，那烟不知有多么香甜呢！

有人在床上翻动着身子，大概睡不着；后来他终于坐起来，叼上了一根烟卷。

屋里很快雾蒙蒙的了。

“那东西禁提哩！一霎儿淤满了，我就一筐一筐往外提……”

坷垃叔咳着，还在说。

终于有人下床去开了窗子。又停了一会儿，月亮就从开着的窗口探进了半个脑袋。屋内黄融融的。烟气就从窗口上往外涌。汽车的鸣叫声、自行车铃声和人群的声音,则从窗口上往里涌。窗扇上有一道红光，每隔几秒钟就闪跳一次，非常有趣。楼下的电视机还没有关，传过来“噗噗嚓嚓”的声音，屏幕上肯定正有一场好斗。睡不着,又有人干脆咔的一声拉亮了灯。

屋内对摆着四张单人床，每张床上都躺着一个小伙子。中间还有一张临时搭起的小床，坷垃叔就歪在那上面。空中横着竖着扯起一道道绳子，上面搭了洗过和没有洗过的衣服。坷垃叔的头上，一根绳子正挂着一条粗布裤子，圆圆的裤脚正好对准了他的脸。

圆裤腿儿像一个深深的黑洞。坷垃叔把一口浓烟迎着它呼出。他大概觉得它很像一个烟囱。

老头子全身都是酱色。好像灯光一下子全聚在了他身上似的，他的身子很亮。四周的四张床上，小伙子们一声不响，都把那双火热的、新奇的目光投射过来。

坷垃叔仍旧像原来一样地吸着烟，用两根手指捏着小小的烟杆。他瘦极了，胸脯显得特别坚硬。皮肤几乎没有多少皱纹，紧紧地贴在骨头上，又厚又有韧性，表面没有汗毛，只是泛着微光。皮肤这种光色绝对不是油亮的，而像是透着什么荧光。这皮肤好像已经被熟皮匠熟过了似的——当然不是什么熟皮匠，是阳光，是风，是田野里炙人的热气和逼人的严霜。反正老头子的皮肤是给熟过了……他歪在那儿，一双圆圆的小眼睛锃亮锃亮。奇怪的是他的额头上还要捆一道布绳，像是怕脑袋突然裂开似的。

窗玻璃上的那道红光闪动着。那是不远处一家商店的霓虹灯映上的。这么晚了它的广告牌还在跳动，像脉搏那么跳动。这家商店的生意近来红火极了，除了搞各种名堂的有奖购货，还在三楼上办起了舞厅。

红光不停地跳动，渐渐“呜啊呜啊”的声音也听得见了。这就是跳舞的音乐。十分奇怪，常常这样“呜啊呜啊”有时还在其间插了“噗”的一声，很像一条圆鼓鼓的车带泄了气时发出的那种声响。这在开始听着别扭极了，可听惯了，它不泄气你反而觉得别扭了。

四张床上有两个小伙子在这声音里扭动了一下身体，样子有些不安分。其余的两个也扭头望了一眼窗玻璃上的红光。老头子则依旧吸烟，咕咕哝哝。他没有那样的耳朵。

“睡不着。真想吃冰激凌……我们出去走走吧！”

立刻有三个小伙子一块儿站了起来，伸手去摸索头顶绳子上的背心和短裤。他们穿好了衣服，见罗宁还躺在那儿，就过去拍了拍他。罗宁摇摇头，他们也就走了。

坷垃叔就像没有发觉走掉了三个人，还是那么歪着。

罗宁一直看着他，一动不动，一只手掌枕在头下。他像是要好好研究一下这个老头子似的，一遍又一遍地端量着……最后他坐了起来。

他问："一筐一筐地提走它们——后来呢？"

坷垃叔锃亮的眼神盯了他一瞬，发狠地说了一句：“后来就淤满了……我还是一筐一筐把它们提走。”

罗宁叹了一口气。

他不知问了多少次了，结果都差不多。他听不明白。同宿舍的伙伴们更是听不明白。大家开玩笑说：罗宁的老家来了一位老神仙，满口的谶语！想弄懂吗？那是白费力气——弄不懂但是可要记住，将来会有什么东西出来验证的，哈哈，哈哈哈！

他们笑得有多么开心，他们太轻松了。

但坷垃叔是来告状的啊！老人家背了一块锅饼，步行一千多里来到了这座城市。他不知怎么才找到了罗宁的，一见面就用手揪住了对方的胳膊，说：“我告姜洪吉！”

罗宁已经有很多年没有回老家了，但他模模糊糊知道姜洪吉就是那个村里的头儿。罗宁心里有些激动。他还是下乡时回到老家的，后来招工进城，再后来上大学、参加工作，多少年来就没有一个老家的人来找过他！他看着这个面色黑红、瘦得出奇的老头儿，突然觉得他就是自己的父亲——尽管他清清楚楚知道父亲是一家刊物的老编辑，早在三年前就去世了——他觉得此刻战战抖抖地站在对面的这个老农民，就该着是自己的父亲！他就该着有这么一个父亲啊……后来当他弄明白老人家是一步步走着来到城里的时候,眼里的泪水就憋不住了。老人拄着拐，脚上穿了一双旧军用鞋子，上面打满了补丁，有一块补丁还是紫色的。罗宁不知怎么才好,让他吃饭啊，进屋歇着啊，他全不同意。他只是说：

“我告姜洪吉！”

为什么要告他呢？为什么要步行这一千多里呢？总要说出个为什么吧？是的，这座城市里的人管得了姜洪吉，从这儿往左走一百多米，就是“来信来访接待室”……

接下去老人家就说：“它们淤满了，我就把它们提走……一筐一筐，哼！”

反反复复就是差不多的这么几句话。

罗宁把坷垃叔领到了上访的地方，还是搞不明白他说的是什么。人家完全是看了罗宁的面子，才没有把他赶出屋子……接下去坷垃叔每天都到上访的地方待上多半天，到了晚上就在罗宁他们的宿舍里睡觉。

这样已经有了一个星期。

同宿舍的三个小伙子没有一个抱怨罗宁的，这已经让罗宁心里充满感激了……有一天他们之中的一个“哧哧”笑着对在罗宁耳朵边上，说老头子大概是个精神病吧！

罗宁没有回答他的话。没有必要回答。他们没有在芦青河边生活过，他们不会理解那样的一种生活，不会理解那样的一种人。

罗宁决心给老人写一份材料，也就是说写一张状子。

他问着，揣摩着，还是找不到一点头绪。

“一筐一筐，你提了多长时间呢？”

坷垃叔把烟锅磕了一下，说：“淤满了就提，全是黄沙，一筐一筐……”

一个年近古稀的老人在对抗着黄沙的侵袭。风旋着沙烟；风停了，淤起厚厚的黄沙。老人用两个土筐把它们提走；风又旋起来，老人再提……

这不是一个精神病人做的事情。这是芦青河边上的人所特有的坚韧和顽强。罗宁仿佛已经看到了一个瘦瘦的老头子在风沙中踉跄，心里一阵阵激动。

罗宁一岁的时候就到乡下跟奶奶住了，直到回城里上学；十五岁那年下乡，奶奶已经不在了……他长成一个小伙子时，就永久地离开了老家。坷垃叔是他离开那儿之后，遇到的第一个老家的人。

窗上的玻璃闪跳着一道红光。罗宁轻轻关了灯。这样坷垃叔的烟头儿又亮起来了。

二

三个小伙子吃过了冰激凌，并不想马上回宿舍去。初夏的大街有一种奇怪的、蛮喜欢人的情调。不在这样的夜晚出来走一走，那可算是吃了大亏。走在大街上，鼻孔里呼吸着这座城市的温温乎乎的、多少透着点下水道气味的空气，你会觉得生活那么充实。有多少人深夜不归，一堆一簇地待在马路旁边，发出一阵阵快意的笑声。生活真是有意思极了，他们不笑就没法传达出这种意思。有多少小伙子穿了牛仔裤，斜背着一个桶式旅行包，懒懒散散地往前走着。他们得意地把左手撑在包的背带上，嘴里不停地嚼着什么。其实他们的家就在附近，每天晚上背上这种包去街头走一走，才感到幸福。包里有两瓶汽水或是两片面包。他们其中的一个或是两个，还老是梦想着买一把吉他。吉他的声音赛过一切，他们都这样认为。有多少姑娘穿了紫红色的长裙，戴了项链，两手端在胸前往前走着。两手抬这么高，手上又没有老茧，只有指头上的戒指在闪光。这种戒指只值两元钱，可是也能在路灯下闪闪发光。她们走得都很慢，极力做出忧郁的表情。可是高跟鞋很难习惯，走起来一跺一跺的，多少有点像老婆婆的模样。

“不知从什么时候起，城里人不愿睡觉了。”

“也就是这几年的事。”

“好看的光景太多了，睡觉多可惜！”

“睡觉不如跳舞。”

“也不如喝啤酒。”

“舞票太贵。这得想个办法。”

“办法好想，舞伴可难找。”

“找那些穿紫红裙子的姑娘。”

“她们的手端在胸口那儿。”

“那就是随时准备做舞伴儿。”

“哈哈哈哈。”

“有个副市长请舞伴的姿势真好看。”

“也就是鞠个躬吧。”

“鞠躬时左手得按到胸口那儿。”

“多麻烦！”

“前一段机关上举行舞会真多。”

“跳舞真是好买卖！”

“再前一段专抓跳舞的。”

“那是因为他们乱跳。”

“乱跳乱跳，戴上手铐。”

末尾一句碰巧押了韵，三个人开心地笑了起来。他们难得这么高兴。三个人一块儿在大街上遛，像那些背筒子包的人差不多，多少有点像流浪汉。他们上班时在不同的三个科，领导上可真会分配：同学三个分在了三个科。罗宁也是他们那个学校毕业的，可他高一级，也年长几岁，又是结过婚的人，就另当别论了。最不同的是罗宁在校时当过班长，他们也就经常笑嘻嘻地管他叫罗班长了。开始的时候四个年轻人睡在一个集体宿舍，高兴了就胡扯一会儿，痛快痛快。

罗宁比其他三个人都有福，娶了部长的女儿。他们这个部最大的干部就要算部长了，可罗宁就好意思娶他的女儿。那会儿三个人备了一桌好酒，郑重地给大哥敬酒。

小弟吴楠敬大哥一杯。

小弟田长浩敬大哥一杯。

小弟秦榛敬大哥一杯。

田长浩长得黑瘦，走起路来习惯于大仰着身子，外号田二爷。田二爷敬酒时也是这副模样，惹得人们一阵好笑。秦榛戴一副黑框眼镜，面孔白净，文质彬彬，谁也想不到他是几个人中最“无赖”的一个，敬酒时发誓要做罗宁的连襟，也就是说他要把艾部长的第二个女儿搞到手。吴楠默默地碰了杯，默默地喝下去。

吴楠想的是几个老同学就这样一个个地离去了，很快就被这座陌生的城市消化掉了。

罗宁到部长女儿那儿去了。他不常回原来的宿舍里来，因而谁也不知道他生活得幸福不幸福。艾部长的女儿叫艾兰，是另一个部的打字员，十分漂亮。他们不会不幸福吧。可是一年之后，罗宁常回集体宿舍里过夜，再后来干脆连被子和洗涮用具也带来了。这可不是什么好兆头。三个人敬酒那会儿的劲头没有了，相视着吸凉气。但不久他们又高兴起来，他们发觉这样也很好嘛，这样就又和原来一样了。周围的一切都是这座城市的气味，只有他们的宿舍还是那所师范学院的气味。

他们从那所学院的大门里出来，本来是该着去教书的。可是组织、人事部门特别对他们做了一番考查，让他们从政来了。他们于是就成了这座城市的成员，成了一幢漂亮的机关大楼的工作人员了。生活真有趣。他们到热天的时候，爱穿短裤，爱穿方格和长条的背心。可在这幢大楼上，就很少见这样的装束。

人们都穿一条薄薄的灰制服长裤，穿一件雪白的尖领衬衫。为什么？不知道。后来终于有人指出他们这样子不够庄重。他们也不得不脱下背心和可爱的短裤。可他们上学和上学以前就是这样穿的。他们爱随身背一个帆布挎包，可大楼上的人都提一个黑色人造革面的手提包。不久，办公室的同志就发给他们一人一个这样的皮包。他们于是也提着那样的包进进出出了。

他们后来都发觉这座城市把他们身上原来的那股味儿给搞走了一些。可是一有机会他们就想再搞回来。

这是一场较量。

他们走在夜晚的大街上，穿着背心和短裤，全身放松，都感到了十分的惬意。他们常常这样出来游荡——他们喜欢称这为“游荡”。他们再也不板着面孔了，再也不两手按在写字台上端坐着了。整个的城市这会儿也不再板着面孔了，好像到处都笑嘻嘻的，显然是另一副面孔。霓虹灯在笑，卖冷饮的老头儿在笑，他们三个也尽情地笑。他们这时都不约而同地可怜起罗宁来了：婚姻不幸倒也罢了，这会儿还要守着一个胡言乱语的瘦老头儿。说到这儿，他们又争论起那个老头儿是否有精神病的问题了。

田长浩田二爷坚持说是精神病，秦榛也说肯定是。而吴楠说，如果那也算精神病，那么咱们大楼上的多半儿人也都算精神病了。他的话有些费解。

有一老一少蹲在路边的一棵老槐树下，借着路灯在忙活着什么。他们走了过去，一老一少就像没有见到。

两人在下围棋。小家伙只穿了件长背心，光着屁股，当然露着那东西，十分可爱。他走一个子儿，老头子声色俱厉地喊了一声："过分！"小家伙又换了一个走法，老头子仍像刚才那样喊了一句："过分！"小家伙于是把手往背心上搓了两下，重新走了一个子儿。老头子这才不吱声了。

一老一少一盘棋，透着一种奇怪的氛围。他们一动不动地看着。他们之间谁也不懂围棋。可是都觉得有意思。最后是田二爷长叹一声，走开了。大家问他为什么叹气，他说："很多该会的东西我们一点也不会。可是很多不该会的东西我们做得烂熟。”秦榛听着，咂了咂嘴巴，评价道：“充满了辩证法！”

到底是围棋还是长浩的话充满了辩证法，其他的两个人不知道。他们也没有去问他。

最高的商店大楼上，舞会大概进行到了高潮。红绿灯飞快地闪动，音乐强烈无比。这个乐队的阵容大概非同小可。乐器中有不少大号，大号连连，如同在召唤人们冲上前去。那是一处当代文明的高地吧，一帮子青年往上涌去。大楼外面的人嫉羡地盯着三楼闪动的红绿灯，有人还骂咧咧的。他不是骂商店办舞会，他是骂舞票这么快就售完了。那人正骂着的时候，田长浩笑了。他笑这音乐变得十分熟悉起来，原来是“文革”时期的一首歌。秦榛知道他笑什么，说：“这有什么大惊小怪？那时候的歌节奏感强，稍稍改造一下最适合跳舞用了。‘下定决心’‘东风吹战鼓擂’‘什么钥匙开什么锁’‘打虎上山’，改造一下都是好舞曲。”吴楠也笑了。

有一个卖瓜子的小伙子走过来挑战了。开始商店门前这些人还以为是来卖瓜子，就没有理他。可他慢悠悠地将车子推到人堆里之后，举起一个手枪模样的东西说："五分钱一看！"

立刻有人掏出五分钱，凑到"手枪"的"枪眼"上看了一会儿。"看见了什么？看见了什么？"很多人都问他。他微笑着，并不作答，愉快地往一边走去了。于是人们纷纷掏出兜里的五分钱了。吴楠也掏出了钱，刚一递过去，那人就把"手枪"对准了他。吴楠将枪筒拨开说："我买瓜子！"那人很不高兴地放下"手枪"，捏给他一撮瓜子……

不知道什么时候开始，那些穿紫红长裙的姑娘们在一个小摊跟前排起了队。这终于引起了三个人的注意，走过去一看，原来在进行"激光无痛打耳眼"——摊子前挂了一块牌子，上书：最新科学，无痒无痛，千载难逢，过时不候。姑娘们一个一个挨近了，去享用这最新科学了。只见那人也举起一个手枪模样的东西，对准耳垂，就是一枪！耳垂果然无血溅出，姑娘果然没有喊疼，倒是笑吟吟的。

正看着，秦榛用手触了吴楠一下。吴楠抬头顺着秦榛指示的方向一看，见到了一个特别漂亮的姑娘。

她没有排在打耳眼的队伍里，只是凑近了看着。她是艾兰。

艾兰也见到了这三个人，就向他们笑了笑。

艾兰往一旁走几步，站在了一棵梧桐树下。“这么晚了还不睡吗？”她问走来的三个人。

“天太热……睡不着。”秦榛说。

“就你一个人吗？”田长浩故意问她。

她有些不好意思地笑了笑，算是回答。

吴楠没有说话。他离梧桐树稍远一些。他在想这个艾兰可真是漂亮极了。跟这么漂亮的爱人相处不好，那个罗宁肯定是十分可恶。

他们走开的时候，她一直目送着他们。当确信她是听不到了时，长浩才说了一句：“她肯定是想罗班长了，一个人出来走走……”

“罗宁这个家伙该杀！”秦榛说。

“她是出来打耳眼吧？”长浩突然问。

吴楠摇摇头：“全世界的姑娘都打上了耳眼，她也不会打。”

秦榛表示赞同。

长浩说："我今晚回去告诉罗宁，就说他老婆上街找他了——我们在打耳眼的地方遇见了他老婆。"

秦榛摇摇头："你不能这么说。这么说罗班长会怀疑艾兰也要打耳眼了。"

吴楠哼了一声："他不会怀疑这个的。他自己的老婆他什么不明白！"

大家不作声了。停了一会儿长浩说："艾兰肯定想问几句罗宁的事。不过她不问。她在等我们先开口。她知道我们和罗宁睡在一块儿。艾兰的样子真含蓄啊，什么话全在眼睛里了。"

"漂亮的姑娘哪个不含蓄？"秦榛反问。

其余的两个人被他一下子问住了。

他们想回宿舍去了。一路上吴楠不作声，秦榛碰了他一下。他说："我在琢磨，怎么如今挣钱的东西都做成了手枪模样？"长浩大笑：

"一枪放倒！——谁兜里有几个钱，一枪就把他放倒！"

"充满了辩证法！"秦榛说了一句。

三

离上班时间还有十分钟，罗宁和同宿舍的三个人一块儿进了机关大门。这多少有点晚，四个人有些不好意思，就三两步上了楼，到自己的办公室去了。三十五岁以下的人一般要提前半个小时上班，尽管没有这条规定，但大家都这样做，做了几十年。如果当了科长甚至处长还要提前半小时来，那他的前途不可限量。

罗宁一进办公室就遇到了一个前途不可限量的人——李子由。他如今已是副处长了，可一直坚持提前半小时上班。他来到办公室，第一件事就是用拖把擦长长的走廊。罗宁刚来时，见他总爱擦走廊，就主动承担了室内和厕所内的卫生。可是一次处里开会，处长谈到工作问题时，说有的年轻人也真可以了，打扫卫生从来就不主动，比他早到机关上工作的同志要天天擦这擦那！罗宁终于知道了争夺拖把的重要性了。他每次早到一步擦起走廊时，心头就隐隐地泛起一种胜利的喜悦。他发现没有抢到拖把的李子由总是先嫉恨地盯过来两眼，然后就跟在他的身边，用细小的声音和他说话，一根手指还向下点划着。常了，罗宁终于悟了：他这是在告诉别人，我李子由来得也不晚，是我指挥他打扫卫生的——一根手指向下比画，那大概在说：擦擦这儿，喏，这个地方得用些力气，好，嗯，就该这么擦！……

今天，罗宁一上楼，当然要遇上李子由了。他已经擦完走廊，端坐在桌旁看书了。罗宁发现室内卫生并没打扫，这显然是留给他来干的。他用抹布擦着桌子，用拖把拖地板，一切做得飞快。他一边坐下来一边有些抱歉地说："昨天晚上没有睡好，今天早晨不愿起床……"

李子由放下书说："是老家来那个老头儿影响你们休息了吧！……老家来的人可不能得罪。不过差不多过得去，就打发他走吧。那又不是你的宿舍。"

罗宁没有吱声。

停了一会儿李子由又问："老头子为什么事来

告状？”

罗宁摇摇头：“我也搞不很清。他说是为黄沙的事——可能黄沙淤埋了他什么东西，他就不停地往外提那些黄沙……他告他们村的头儿。可到底头儿与黄沙是什么关系，他也讲不清楚。唉唉，老人步行一千多里来到这儿，可又讲不清楚！……”

年轻的副处长背着手踱着步子。他在罗宁身边停下说：“会不会是这样：村里砍了防风林带，黄沙淤了他的责任田？是的，肯定是这样——你不信回去问他吧。”

罗宁苦笑了一下：“什么都问过，他就是讲不清。农村有好多这样的老头儿，木木的，什么也讲不清。可我总不能让老人白跑一趟吧。我想慢慢揣摩一下，替他整理一份材料……”

“其实以市纪委‘信访办’的名义给当地去一个函就解决了。要求及时回报处理结果的那种函。这办法又简单又可靠，老头子也算没有白来市里一趟。”李子由说。

罗宁也知道这样是最好了。可他明白对一般上访的是不发这种函的，除非是“信访办”的领导点头同意。坷垃叔什么也讲不清，在这种情况下发函恐怕是做不到的——尽管老人走了一千多里，尽管他告的又是一个党员干部。

副处长完全知道罗宁在想些什么。他拍了拍罗宁的肩膀说：“艾部长跟他们通个电话不就解决了嘛！你也太书呆子啦……你不好意思开口，我替你说去。”

罗宁坚决地摇摇头。

李子由不作声了。他明白罗宁最近夫妻不和，已经闹到了分居的地步，他是不会为这点事情去求岳父大人的。想到这里他说：

“你是怎么搞的嘛！你总不能一个人这样过下去吧！昨天你岳母遇到我，让我开导你一下。我心里明白，这怎么开导呀！艾部长工作多忙，咱这是对外开放城市，可他挤出一点时间还要过问一下你的工作情况……”

这口气，这语气，很像是处长的。李子由受处长的影响是很深的，自从去年做了副手之后，很快的也就处长化了。但他这种居高临下的口气很少对罗宁使用。眼下口气的转换，很难说与分居的事没有关系。罗宁想到这儿有些气愤。他白了李子由一眼。

这会儿门开了，处长捏着一个表格走进来，对李子由说："填一下吧，是上函授大学的事。我也要填。"他长得十分瘦小，端端正正地坐在了屋里唯一的一把大靠背藤椅上。当副处长低头看表格的时候，他愤愤不平地咕哝起来："一时一兴，这时候又讲起他妈的学历来了！月亮也是外国的圆！有学历就有水平，就能干好'四化'？我看未必！拿我们部里的人来讲吧，部长有学历吗？可部长水平很高。我们处的子由也没有学历，可他是处里的笔杆子。倒是那些分配来的大学生，十个八个不顶一个使。当然，像罗宁这样高水平的大学生也不是没有……"

处长大骂了一通知识分子，最后又言不由衷地夸了罗宁一句，回他的办公室去了。

听着处长骂人，让人又好气又好笑。记得刚来机关上报到时，处长给罗宁介绍李子由，也使用了"笔杆子"三个字。他当时是怎样钦佩地看着对方啊！他心想我今天可终于见到起草文件的人了……的确，这个处里的所有文字，都是李子由负责的。如果要起草一个文件，则需要五六个人组成一个专门的班子，用两个多月的时间。整个过程显得紧张而神秘，李子由亲自挂帅，总是比别人多抽双倍的烟。有一次罗宁见到了他写的一节文字，不禁大吃了一惊。如果把这节文字分为十份的话，那么其中有五六份套话，两三份不得当的，一两份根本就不通！……罗宁陷入了深深的困惑。他感到了滑稽,接下去是不安和忧虑。

罗宁还记得有一次在岳父家里吃饭，老部长语重心长地对罗宁说："要尽快熟悉机关工作。你们大学生来机关一般要有个适应过程。多跟早来的同志学习，你们处不是有个李子由吗？听说小伙子进步很快，成了部里有名的'笔杆子'喽！……"他听着岳父的话，未置可否，只是跟在旁边的艾兰笑了一下——他以前曾对她讲过这位"笔杆子"。艾兰责备地看了他一眼，好像在说：你多么不谦虚啊！艾兰当时穿了一件漂亮的湖色连衣裙，坐在那儿。她全身都透着一种温柔，就是责备别人的时候，也显得那么温柔。

还有一次他和艾兰散步，迎面走来了李子由。他们往前走去,一边用手打招呼。可李子由定住了似的，一动不动地站在那儿，脸色赤红，还莫名其妙地喘息着……他们走远了，罗宁才发觉艾兰的脸也红了起来。他什么也没有说。他什么也没有问。他只觉得他的艾兰真美啊，羞涩得像一个山村姑娘……“山村姑娘”与另一个人肯定有什么故事的。他不去问，她会自己讲的……

处长屋里的电话铃响了起来。

罗宁习惯地走过去。果然是他的电话。

可是他抓起了耳机，问了好几句话，也没有一点声音。他觉得很奇怪……突然，电话里传来了一阵女人的哽咽声。只一瞬，对方就挂了电话……

罗宁回到了自己的办公室。他觉得两腿沉得拖不动。

四

坷垃叔每天按时到上访接待室去。人家上班他也上班，人家说一声下班了，他就拖拖拉拉地走回来。该说的他认为反正都说了，就一声不吭地坐在一条长连椅上。接待室门外的马路上，有的人就躺在水泥板上。他们都不吭气，蓬头垢面，用一双无神的眼睛看着接待室的大门，看着路上的行人。还有人骑着自行车来上访，车子的前面绑一面大大的白纸板，上面用红笔赫然书写一个“冤”字。……坷垃叔因为是罗宁送来的，就多少受一点特殊照顾，可以坐到长椅上来。老人不停地吸烟，磕烟斗，咳嗽，但总是不离开那条长椅。办公室的同志照常进行他们的工作，照常接待新的来访者，好像已经把坷垃叔忘掉了似的。坷垃叔似乎也并未考虑何时才离开长椅。他是从一千里之外的乡村一步一步走来的，他有着可怕的韧性。

星期天，他也就只得待在宿舍里了。同室的四个小伙子，有三个去郊区玩了，剩下陪伴他的当然是罗宁了。

坷垃叔不知什么时候从野外采回了一些艾棵子，放在凉台上晒干，这会儿就拧起了艾草火绳。艾棵的特别的香味儿弥漫了整个屋子，罗宁在这种气味中觉得舒服极了。他看着老人熟练地拧着艾绳，觉得那么亲切！在他童年的记忆里，有多少类似的图画啊！家家门楼上边的搁板都贮存了一些艾棵火绳，你进门的时候首先就闻到它的香气。老人们手持烟锅，身边断不了这样的一根艾棵火绳。火绳燃着，香味扑鼻，一些小飞虫也不敢近身。夏天的夜晚你如果走到河边上，场院上，就会看到无数的小红点儿——那就是火绳了，人们出门纳凉也忘不了火绳……罗宁闻着一阵阵的艾味儿，胸中突然涌起了一种强烈的愿望，就是和坷垃叔谈谈老家，谈谈场院，谈谈河套子和火绳！

可是坷垃叔一脚踏住绳子的一端，两手只是飞快地拧着。有时他的鼻子里发出哼哼的声音，那是干到了惬意的时候。好像室内没有罗宁，没有一双注视着他的眼睛，只有他一个人在捣鼓这门火绳艺术。罗宁从床边走开，蹲到坷垃叔对面，用手挽起火绳的一端："坷垃叔，芦青河滩上，如今还长了那么多艾棵吗？"

坷垃叔的两手停住了，盯住罗宁。

“小时候，奶奶领我到河滩上，采艾棵，把艾叶别到头上……有一回你逮给我一个蝈蝈，蝈蝈咬了我的手，你就地折了一些柳枝，编了一个蝈蝈笼！”

坷垃叔笑了。他笑的时候发出“呼呼”的声音，真不像笑。笑过之后，他把烟锅搁到地板上，瞪大眼睛说：“柳树？乌鸦子呱咔咔！鱼——”

说到鱼，坷垃叔抬起铁样的手掌，往一起一碰。想象中的一条大鱼就这样被他挤到手掌心里了……鱼捉到了，坷垃叔也就低下头，重新拧起了火绳。

罗宁却在脑海里将坷垃叔提供的不连贯的画面衔接起来……柳林，无边的柳林，童年的柳林。柳树全长在了黄色的沙土上，可是却看不见一点沙土。各种草叶和藤蔓遮住了地表，到处是滑溜溜的青苔。粉红色的小花开在绿地上，特别显眼。你走在柳林里，可不要独身一人，那样会迷路的。大家一起走。喧哗着，打闹着，在草地上滑几个跤，惊飞一群群的鸟雀。那些乌鸦一群群落下又飞走，飞走又旋来，搅闹着绿色的世界。它们大叫不停，可是这叫声从来不让人讨厌。有趣的是它们愿意一大帮子全压到一棵树上，看上去一树黑鸦！它们飞走时，树下就必定落下一片干树枝儿，大家就捡走这些干枝回家烧饭。树棵间的野葱、野蒜，都别有一番滋味。蘑菇也不难采，长在柳树半腰的那种叫“柳黄”，是蘑菇中的珍品，煮熟了，汤汁都是黄的，很像鸡汤，味道也像鸡汤！捉鱼的时候就是孩子们的节日，大家跟上大人，呐喊着，跑向浅浅的芦青河湾。水花被无数的腿脚踏得飞起来，鱼儿在腿空里钻来钻去，碰巧了就把它逮住。高高地抬脚，稳稳地落下，鱼踩到脚板底——这就是踩鱼了。至于用旋网，用小扣眼网，进河道里去摸鱼，孩子们只有旁观的份儿。有意思的是有时网里网上一个鳖来，孩子们就嚷：“王八！”大人提住鳖腿狠狠地往鱼篓里一摔，高兴地大喝一声：“团鱼！——”

团鱼可是好东西——这座城市的团鱼都卖到八元钱一斤了。可是童年时候吃的团鱼是不花钱的。大人在河边上拉一捆玉米秸子点燃了，把刚捉到的团鱼放到上面烧。团鱼熟了，散发着一股奇奇怪怪的鲜味。一群孩子围着一堆灰烬，一堆灰烬跟前蹲着一个大人，大人像喂一群小燕子一样，割下一块团鱼肉，放进一个孩子的嘴里……

这完全是另一个世界里的事情。罗宁很少有机缘能够去回忆小时候的事情。那时候的一幅幅画面全是绿色的。他每逢沉浸到往事的那一刻，就不由得要激动起来。在那片亲切的土地上，有那么多的朋友！一个酱色的苍老的躯体在那片土地上蠕动，伸开手掌去抓挠，去搬动，后来又提着一对土筐，把吹到绿地上的黄沙再提走……罗宁突然明白了，为什么记忆中的田野总是翠绿欲滴的——那完全是因为有个坷垃叔在对抗着黄沙啊！一筐一筐，把它们提走，一点也不留；再淤过来，再提走，一筐一筐……罗宁的眼睛有些模糊了。

坷垃叔哼哼着，拧着艾绳。艾绳已经盘起很高了。罗宁帮他把这些绳子扎起来。他看到了坷垃叔那断去半截的脚趾露了出来，看到了左手大拇指根有很重的一处刀伤……坷垃叔歪头看了看罗宁，目光也落在自己的伤疤上。老人哼哼着，一边不停地拧绳子。

"你还不记得嘛！那年刨玉米秸子，一镢下去，刨了脚趾……那会儿你下乡了，你在地里，吓得大哭。我敢说你从来没见过这么多血，活人流这么多的血，你还从来没见过哩……”

坷垃叔哼哼着，咬着烟锅。可是罗宁觉得老人在心里跟他交谈，他差不多都听见了他的声音。于是他点点头，也在心里说：

“不错，我吓哭了。我满地乱跑，喊人。可你呀，就那么歪在地上，从身边揪个野菜叶儿揉一揉，揉到断脚趾上……原来那种菜叶是止血的。”

“砍高粱有意思啊！这可是甜秸高粱，大家嚼呀嚼呀，喝糖水一样。喝过了甜水就唱起来。唱那些女人听不得的小曲儿。我也唱了，刚唱几句，一刀砍在拇指上……打那儿我知道了人不能太高兴，太高兴了准出事！”

“我有了经验，也从地上寻那种菜叶。没有！我急出了汗。你还是那么歪在地上，从身边找一种菜叶揉一揉，揉在伤口上……原来这一种菜叶也是止血的。”

“你到底是外面来的孩子啊，农村里的古怪事儿你学不完！止血的野菜上十种，有毒的野菜也不少。一种黑叶子，老牛吃一口准倒……哼哼，这都是些古怪事儿，你怎么能懂？”

“我是不懂，我真的有好多事儿怎么也弄不懂。比如黄沙的事儿吧，还有，你告姜洪吉这其间是什么关系我就闹不明白……”

“我走了一千多里来到城里。我原先以为城里人最聪明,也就来找城里人了。什么事村里人说了不算，要等城里人说话。城里人说合作化了，村里人就入了伙，给牛系上花儿送到一块儿去养。城里人说‘文革’了，村里人也就跟着造反。城里人说分田了，村里人也就有了责任田……城里人最聪明，黄沙这点小事还闹不明白？”

“城里人可不一定最聪明。就算真的最聪明，也要你把事情讲明白才能判断哪！你不讲来龙去脉，只说黄沙，往外提，这怎么能明白呀……”

“我如果讲明白了，还来城里干什么？我如果能讲明白，也不跑一千里来找城里人了。一千里，想想吧,我是一步一步走着来的。庄稼人工夫金贵哩！”

“我看你这样子城里人也没办法了，城里人也没法管你的事了。”

“不能管还叫什么城里人？城里人也糊糊涂涂，这日子还有什么指望！我原来遇到什么事也不怕，心里想，忍一忍吧，反正有城里人呢！我今天才知道城里人也是糊糊涂涂的。”

“坷垃叔你也不能太失望。糊涂还不就为了黄沙的事！别的事可不一定糊涂……”

“黄沙淤过来，我一筐一筐提走，最简单的一件事嘛！这个事都糊涂起来，别的事还能指望你们明白过来？完了，我不信了，我再不信城里人了。我的日子再不能全指望城里人了……就是这样！”

“难道……”

“就是这样！”

“不过……”

“就是这样！”

……

完了，心的交谈终于停止了。罗宁把最后一束艾绳扎好，重新坐到床上去了。他没有听见坷垃叔说一句话，可他好像听到了坷垃叔心中的每一句哀怨，是的，老人家千里迢迢寻找公理来了，一定不能让他白白来一趟啊……

罗宁第一次考虑起李子由的那个主意了。他想也许真不错，找一个人跟“信访办”的领导说一说，给当地党委或政府发一个函……不过找谁呢?

他现在绝对不想去求老岳父。

这时候门“砰”地被推开了,到郊外玩的田长浩、秦榛、吴楠三个人头戴旅游帽,笑嘻嘻地闯进门来了。他们手里提个大网篮，里面装满了橘子汁、可口可乐等饮料，进门就抛给了罗宁。

“怎么样，和坷垃叔玩这么多火绳？”秦榛挤挤眼说。

罗宁说：“我和坷垃叔在交谈……我们谈了好多老家的事儿……”

长浩惊喜地说：“那我们有幸听听就好了！”

“你们听不见。我们这种交谈你们听不见……”

长浩哈哈笑着看几个人一眼，咕哝说：“那也怪了！”

吴楠把背在身后的两个新排球抛到床上，撇了撇嘴巴："'充满了辩证法'！"

秦榛走过来说："我们半路上遇见老部长了，他还问起你哩……"

罗宁把几瓶橘子汁和两根吸管递给坷垃叔。老人看了看，用手捻了捻那两根吸管，又扔到了床上。

"真的，"吴楠很严肃地对罗宁说，"他问你为什么不和我们一块儿出来玩？问我们你是不是不舒服？还嘱咐我们以后出来玩要尽量拉上你……我觉得挺不错的一个老头儿。"

"老人是真诚的。"秦榛证实说。

"我们三个昨天晚上议论过你，"长浩嗓子沉沉地说道，"议论过你。我们都认为，那么漂亮的一个姑娘你都相处不好，你他妈的该杀！……"

五

同宿舍的几个人都为坷垃叔想着办法。后来田长浩终于想起了一个关系来：一位领导的司机。

罗宁一听有点泄气。田长浩说："你还敢瞧不起司机吗？'农转非''煤气罐'，你一样也办不成，人家自己办了又帮别人办。不服？"

大家一听都服了，当即就决定去找他。可是求人总得带点礼物吧，秦榛说从郊外捎回来的这些饮料行不行？长浩说饮料最好不过。

一路上长浩净介绍他们交往的经过，谈他的这位朋友，引逗得大家真开心。长浩说："如今我们这些大学生比起我这位朋友来，可真惭愧！"吴楠问那是怎么回事？长浩惭愧地摇了摇头，一言难尽的样子。

他说有一次这位朋友去办公室找他，他倒了一杯凉开水，人家挥手挡过说："都发展到了什么时代了，你还喝水！"他说你就是发展到共产主义，人不喝水也不行吧。朋友笑笑，噌噌噌下了楼，从自己驾驶的小车里取回了几个纸盒，抛过来一个说："现在都是喝饮料！"他剥了剥纸盒，果然见里面流出暗红色的汁液来，就赶忙对在嘴上吸吮起来……

大家都大笑起来。

长浩说："最窝囊的还不是这个。"

"那是什么？"

"我给他开电扇，他说都发展到什么时代了还用电扇！我求他以后给留意搞个煤气罐，他说人家现在都搞以电冰箱为主体的厨房系列化了，你还在这儿煤气煤气的！……"

秦榛吐吐舌头："那得多少钱哪！"

"我也这么问。人家说你傻去吧，搞这些得走走后门，得有眼力，花钱多不一定就好，花小钱办大事，不花钱也办事嘛！……"

吴楠说："应该再加一句：'自力更生，土法上马'……"

罗宁笑了。他想今天去找的这位朋友可真巧得很，可以大开眼界了。以前只在宣传中听到的东西今天果然在某一个角落里变为了现实，而且它们的主人也不过是一个普通的劳动者。想到这里他有些欣慰，也有些激动，只想快些见到长浩的这位朋友。他甚至在想这位同志会不会碰巧不在？甚至忘掉了他们这一趟的主要目的是什么。

天有些阴。正是半下午时分，却像傍晚的样子。长浩领着三个人来到了一个挂了无数小彩灯的门前，说："到了。"

长浩伸手在门框上按了一下。无数的小彩灯立刻一齐闪动，组成了"欢迎欢迎"的字样。长浩惊讶地说："我前几天来还没有！发展了，看来又发展了！"……与此同时，门内响起的不是电铃声，而是一阵音乐。

四个人默默地站着，极力不使自己流露出惊异的神色。

音乐响过了一会儿，还是没有人来开门。秦榛忍不住，就在长浩按过的地方又按了那么一下。于是重新"欢迎"，重新欢奏起一阵音乐。

这一次有效。随着一阵"哼呀"声，一个人走近了，一停，"唰"地拉开了门—— 一个高高瘦瘦的人哈着腰站在那儿，头上还捆了一个湿布条。当他看清了这些人中有长浩时，忙过去握住了他的手。他说："欢迎欢迎。我病了。"

大家说着"真抱歉""对不起"，跟着他进了屋。

“我爱人不在,她到机关跳舞去了。”主人解释着,一边从一旁的冰箱里摸出一个大瓷罐子,说:“先喝点冷饮吧!”

长浩飞快地扫了每一个人一眼。

主人给每个人分了半杯冷饮:“这是我自制的,大家尝尝,不比买的差。”

大家试着吮了一口,觉得又像红糖水,又像绿豆水,但不怎么凉。当咽下时,又觉得有一种说不清的古怪气味。吴楠看了罗宁一眼。他在想主人的病是不是这种饮料搞成的。正在这时主人解释自己的病了:“我这病是喝一种啤酒喝的——不过现在差不多已经好了。”

“什么啤酒呢?”秦榛问。

“‘金环’牌!他妈的,我可真叫这个金环套住了,病了三天。”主人伸出又长又尖的食指在人们眼前转了一圈,说:“可千万不要买这个牌子的!我其实知道这是一个庄上的几户人家搞的,原先他们磨豆腐。我想价钱便宜,国家又都是统一检查卫生的,再说他们以前就是搞食品的,谁知……唉!”

他说着从什么地方找出了几瓶没有开启的“金环牌”给大家看，原来商标非常漂亮。猛一看还以为是青岛啤酒呢！

给大家添了冷饮，主人就把那个瓷罐放回冰箱了。刚放进去没有一会儿，突然发出了三声钝响，吓了大家一跳。主人忙解释说不要紧，这种冰箱是一家工厂刚试制的，也就是那么响几声吧，不碍事的……大家这才松了一口气，低下头去喝冷饮了。

罗宁总想寻机会提一下坷垃叔的那个事，但一直没有话茬儿可以接。他想如果这时候长浩提出来，那是再合适也没有了。可是长浩一直热衷于谈论一些家庭电器，这会儿议论过电冰箱，又去摸摸索索开人家的录音机了。

录音机很小，很普通，可是有根线连在一个大木箱上。主人指着木箱说：“那是音箱。这可是好东西啊，没有它就不出效果。原来是个小衣柜，后来我发现是个梧桐木的，就改成了个音箱……长浩你放大些音量！！好！”

声音果然不小。但听不出什么立体效果，尚且有很重的沙沙声。到后来,沙沙声又间杂着“啪啦啪啦”的声音。大家看看主人，主人一摆手说：“不要紧，那是一根钉子没有钉牢……”

主人陪着大家喝着冷饮。他笑容满面，兴奋地看着每一个人。他说：“时代发展到今天，也正好让我们这茬人赶上了。到处都是现代化。到明年还不知又发展到什么地步了哩……”

他正说着，屋子一角发出“嘤嘤”的声音。他用手一指说：“听到了吧？这是水开了！如今烧水再也不用水壶了——把那种机器插到暖瓶口里就是，水开了还会通知你！”

长浩不解地说：“你还喝水吗？”

“洗衣服呢？做冷饮呢？不都需要热水?！”主人有些不高兴地看了他的朋友一眼。

吴楠和罗宁微笑着对视了一下。

秦榛觉得有些热，就到水管那儿去冲凉。主人摆摆手：“不用，不用凉水冲——咱有空调！有空调！……”

“空调”两个字咬那么重，使人觉得这可是个重要的设施，绝不可以不见识一下。大家随了主人的手势一看，原来空调就是身后的那个小铁盒子。刚才还以为是个盛东西用的铁匣子，这会儿仔细瞅了瞅，发现上面有一些洞眼，洞眼上又蒙了铁网……主人开了开关，“嗡嗡”声立刻震人耳膜。再要说话，除非对在耳朵上才能听得见。反正听不见，秦榛就发狠地骂了几句这个该死的空调。正骂了没有两句，空调的洞眼处突然喷出了无数道的雾气，就像喷雾器一样……主人笑着喊：“见效了！见效了！冷不冷？太冷了我就关上……”

没有一个人感到有什么冷气，但大家还是异口同声地喊“太冷”……主人于是关了“空调”。大家都长长地松了一口气。

天已经完全黑下来了。罗宁对田长浩使了几次眼色，田长浩才挠着头皮，嘿嘿笑着对他的朋友说今天是为什么事情来的。

长浩的朋友仰脸笑着：“你们这帮子大学生啊，怎么说呢？嘿嘿嘿……不就是这么大点儿的事吗？包在我身上了！”

秦榛笑着打趣道："办成了让罗宁请你客好了！坷垃叔就是他下乡时候的朋友……"

"罗宁？……"主人的脸立刻阴沉下来，"谁叫罗宁？"

罗宁多少有些不知所措，这时站起来，微笑着点了点头。

主人愤愤然地看了一会儿长浩，像是自言自语地咕哝："早就听过这个名儿了！百闻不如一见，今天我算见着了。哼哼，好大的份儿，部长的女儿都敢甩……咱可不敢给这号人办事……"

吴楠猛地一下站了起来。

罗宁喊了一声吴楠，他才坐下。罗宁声音淡淡地对长浩说了句："我们走吧。"

六

这天一上班，罗宁刚拿起拖把，处长就摆手示意让他放下，又招手让他过去。罗宁觉得处长的脸色多少有些神秘。他随着处长进了办公室，见副处长李子由早坐在了那里，对他笑着点一下头。处长用手指了指藤椅，他于是就坐下了。好像有什么地方不对劲儿，他心里想。

处长一声不吭，看着他。

李子由看他一眼，又看着处长了。

停了一瞬，处长轻轻咳着，说话了："你们在屋里平常议论过机关体育活动的事吗？"

体育活动？罗宁想机关上的话题要转换一个也真容易，大清早第一句话竟在议论体育活动！但他实在记不起吴楠他们三位有谁议论过这些事。也许他被坷垃叔的事纠缠着，没有注意听？他实在记不起来。于是他摇了摇头。

处长"哦"了一声。

"不过，"罗宁突然想起来了，补充说，"不过昨天他们郊游，回来带了两个新排球。"

处长看了李子由一眼，"嗯"了一声。他轻轻地呷着茶，说："上班路上艾部长的车突然停在我跟前，说让我多关心机关青年的体育活动：'怎么搞的，楼南那块空地搞个排球场，年轻人再三要求，你们就是不研究！’部长看样子很生气，他肯定听了三个青年人的一面之词……肯定是这样。”

罗宁想：他们三个人昨天见了艾部长，也许顺便谈起过这件事。大家在学校时都是排球迷（长浩还参加过全国大学生排球联赛），可到了机关一天到晚要关在办公室里，也真够受的。我们没有任何体育设施，楼南的空地做个排球场倒是再合适也没有的了！

李子由说：“有什么意见不在处里说，直接找上面告状，这不符合组织原则。不过也难怪，他们从学校刚来，还不适应机关工作。”

处长点点头，接上说：“他们三个所在的科室多次向处里反映过他们的工作情况，应该说他们来机关后的适应是非常慢的。这里面也有个态度问题。上班时间不看政治业务书籍，看报纸主要看副刊……”

罗宁在心里说：“中文系毕业生，你不让他们看副刊?！”

“来机关这么长时间了，还没有交申请书。其中的秦榛还没有入过团。当初人事组织部门也不知怎么搞的。说来也许别人不信，秦榛连个团员都不是。平常他们凑在一块儿就讲怪话，瞧不起没有学历的老同志。要知道老同志浴血奋战打来江山，他们才能上学！他们的学历是怎么来的？真他妈的忘本！革命这么多年，资历不如学历，有学历的尾巴翘到天上去了！……”

一接触到学历问题，处长的火气就来了，此刻脖子都红了。他停下来，喝了一口水才平静了一点。他说：

“我准备找找行政处的同志，给他们三个人调调宿舍。让他们分开住……”

李子由轻轻地呷茶。

罗宁的心被什么敲击了一下。他不明白对方为什么会想出这么个办法来。这对吴楠他们三个人可算是一个打击。他完全明白这属于一种什么性质的打击。也许在别人看来事情不大，无非是换一个住处——可对于他的三个朋友来说，那就是无情地破坏掉了生活中的某一种平衡、某一个支撑点……这肯定会遭到吴楠他们的强烈反对，他们绝对不会让步的。

处长在屋内踱着步子，用手向南指着：“处里对于同志们提的意见从来都很慎重嘛，处里反复研究过排球场的问题。不错，有一块空地，可是那里要盖复印室、图书资料室……”

罗宁忍不住插话：“可是研究一年多了还是闲着，长满了荒草，倒不如先利用起来好……”

“市委亲自抓‘五讲四美’，原来准备把机关的花坛建在那里……事情是不断变化的，也不能孤立起来看问题。总之，一分为二，坚持两分法……好了，这个空地没什么好再说的了！”

处长大手一挥终止了这个话题。

三个人一时都没有话说了。冷场了。

“赵小梅材料的修改稿你看了吧？”停了一会儿，李子由问了处长一句。

赵小梅是个农村盲女，几年来编织出口的玉米皮地毯，为国家换取外汇，部里半年来把她作为典型大力宣传过。在调查盲女事迹时，田长浩、秦榛和吴楠都参加了。可他们的表现“不佳”，上级领导曾点名批评过。李子由这个时候提出盲女的材料，实际上是巧妙地引出了谴责他们三人的新话题——罗宁心想，这个李子由年纪轻轻，可是个精明透了的人。

果然处长立刻气愤起来。他把茶杯“砰”的一声放到桌上，说：“材料退回他们科，让他们重新整理一份！不要再让那几个人沾手了，他们的思想素质不行！……”

罗宁没有看过修改稿，但知道它不会使处长满意。讨论宣传赵小梅的工作，处里不知开过几次大会了，同志们发言都很热烈。部里曾组织过“赵小梅事迹调查组”，吴楠他们三个人都参加了。原来的材料上曾讲赵小梅一个人编了五十多张玉米皮地毯，张张都是优质品；还讲赵小梅曾多次对一块儿编地毯的婶子大娘说：宁可少活二十年，产量也要提前翻两番！……根据这一切，材料中称赵小梅是“四化标兵”“新时代的英雄”，号召全市学习英雄……但在调查中，渐渐发现与事实有些不符：五十多张玉米皮地毯中，有三十多张是她家二姐帮着编的；也不全是优质品，有的验收不合格，现在就留在家里当席子用。另外，婶子大娘也不记得小梅说过那样的话，有的说，小梅有个舅舅油嘴滑舌的，可能是他说的吧……

讨论会上，吴楠、秦榛、长浩三人发言最多。吴楠讲话很尖锐，指出这根本违反党的实事求是原则——原来的材料就是李子由领人搞的，还得到了处长的赞扬。李子由当然不高兴，但他并不激动，也不反驳，而是很虚心地点头，一句一句在笔记本上记下大家的发言。讨论中长浩进一步指出：婶子大娘们反映，原来小梅可是个老实孩子，可是自从上级来照了相，收音机里广播了她，她就变得爱发脾气了，邻居说说她，她还骂人家……她编玉米皮地毯还是婶子大娘们教的哩！

整个讨论期间罗宁都很激动。他想，一个人无论如何，残疾了都是不幸的。大家应该同情和帮助这一部分人。当这部分人做出了哪怕是最微小的成绩，都应该鼓励和赞扬——赞扬生命的顽强，鼓励人生的进取。但无论如何不能编造和作假，因为这同样是不幸的……婶子大娘的话是给人警醒的。如果说小梅原来是个残疾人，那么我们忘情的吹捧和不适当的激励，已经进一步地扭曲了她！……

尽管如此，材料还是原样报到部里，报到市里，市委迅速做出了全市学习英雄赵小梅的决定……这样，原来的材料不是显得夸大了，倒是显得单薄了。处长与李子由连夜拟定了大小标题，分为“革命的家庭”“幸福的童年”“远大的理想”……共十二个部分。

人们窃窃私语，而吴楠和两个同学直言不讳。

这就是处长发火的原因……处长又开始在屋里急急地踱步了。他用手使劲梳理着向后背去的头发，最后站定了，伸出两根手指说：

“不客气地讲，这样下去性质就会转化。”

罗宁不解地看着他。

“难道不是吗？原来他们在机关内部讲赵小梅五十张玉米皮地毯的事，后来干脆在机关外部也讲起来了。这就严重地干扰了市委的学习赵小梅运动，转化成为一个严重的政治问题……”

“后果是严重的……”李子由插了一句。

处长往罗宁跟前走了一步，声音压低了一些，语气也和缓多了：“我们跟你说的目的，就是让你了解一下总的情况，同一个宿舍，帮助起来也方便——你还是团支部副书记嘛，你应该了解青年们的思想情况！……如果部长问起来，你也好跟他介绍一下大体情况……”

罗宁这算彻底搞明白了。原来最后一句才是这一切谈话的主要目的。他心里觉得一阵好笑。

也许处长看穿了他这会儿的心思，紧接上又说：“我们今天找你，最主要的还不是这些……”

“那是什么？”罗宁不禁一愣。

“你和艾兰的事……你们已经分居了，这就不是一般的家庭纠纷了。组织上应该帮助你们……”

罗宁淡淡一笑。他想自从和艾兰闹开了以后，组织上的和非组织上的这种帮助就没有间断过。特别不能容忍的是有人在“帮助”中透出了威胁的意味。好像他罗宁已经没有了别人所有的一些自由，比如夫妻间闹点别扭，对爱情及生活的个性化理解与分歧,原因就是他娶了部长的女儿。别人想娶还娶不到，你小子娶到了还不老老实实、按部就班、相敬如宾！你小子不是思维有毛病，就肯定是个贱骨头！

不，我不是个贱骨头，思维也还算正常。我是个平凡的但却有自己主见的人。我有我自己的追求和思索的自由，有自己的喜怒哀乐，有自己的脾性和劲头。艾兰也一样。她也是个平凡的人。她如果和正常的人不一样，也没有人敢娶她。夫妻之间不平等，还有什么爱？你们想取消我们的平等，也就是取消了爱。取消了爱，艾兰就不会答应。这一点上，你们就显得太殷勤，太不聪明，也正像你们自己形容的，是“贱骨头”……

处长见罗宁沉默着，就坐了下来。他点了一支烟，望着吐出的烟雾说：“也许这事我也有责任，我们处里的同志嘛……”

李子由点点头：“就是，就是……”

罗宁冷笑道：“你们二位没有任何责任，也没有必要一再过问。”

“唉！不能这样看。这样分居下去要影响工作，再说社会上的舆论也联系到我们机关嘛！也联系到我们部长嘛！你该多想想这些……你很幸福嘛！你别想得太多。我看你还是应该主动找艾兰谈谈。这样分居下去怎么行？不是个长久办法嘛！”

处长好像很动感情，声音都有些发颤。

罗宁久久地望着窗外，没有吱声。窗外，天蓝得可爱，一片洁白的云在轻轻地移动……

七

他抓起话筒，没有人接。后来传来了她抽泣的声音。他静静地等待着，但她轻轻地挂了电话。

从那个时刻起，罗宁就决定了要去找她。他突然觉得她那么可怜，像一个皮毛洁白的小羊羔歪坐在崖畔上，流着泪。

他在心里把她比喻为小羊羔，这使他自己一阵吃惊。这头洁白的小羊羔是两年前遇到的。当时他的一颗心扑扑跳，心上闪过的第一个念头就是：像小羊一样……

那也是个初夏的季节。天傍晚了，十分凉爽。罗宁手拿着一份表格要打印——部里的打字室太忙，必须找外单位帮忙。天有些晚了，人家的打字室也快要下班了。罗宁心里有些急,走到办公大楼上,见到“打字间”三个字，就推门闯了进去。

室内空空的。他转转脸，发现了角落上的姑娘。她穿了洁白的连衣裙，这时有些惊讶地站起来，看着他，只用眼睛说话。室内突然光华四射，整个的墙壁都被照亮了。她不笑，严肃得可笑，这时从桌子跟前移开，让他看到了她的凉鞋和红方格袜子。她的一双腿多少有些像儿童的，又直又长，这会儿也像儿童那样踮了两下。这双眼睛有点过分的圆，像两枚黑亮的扣子。密密的睫毛使人老远就看得见，并且觉得这么密，好看是好看，多少也会影响些视力吧？她的嘴唇活动了两下，好像要咕哝点什么;最后她是咕哝了,不过他没有听清。一个漂亮逼人的姑娘不出声地咕咕哝哝，这太动人了，有些可怕。仿佛她在默念什么咒语，你的魂灵顷刻间就被摄走了。她没有再动,可是你会感到她的步态轻盈而优美。她的整个人绝不单薄,可是又会使人觉得没有什么分量,一托即起,一起来即会飞翔。再后来她终于往前走了两步，他们说话了。

他们交接好了工作事项，迅速地分开了。

人的直感真是了不起。后来他们才知道，当时两个人都预感到了一种奇怪的东西。好比一个人到处苦苦地寻觅什么，累呀，失望呀，不知翻过了多少崇山峻岭，都毫无结果。可是生活中的这扇门在这个初夏的黄昏轻轻地打开了，两个人的眼睛同时一亮：哈，你在这里！

她在这里，搞打字已经快十年了。她按着打字机，整天按得啪哒啪哒响。一个姑娘用那只温柔的手打了不知多少材料。内容她不怎么明白，啪哒啪哒，像一首歌。她在这歌声里长高了，长得人人羡慕。方块儿字，排成行，任她选择。她借助于这种机器，就把一些方块儿字规规矩矩地印到白纸上了。油墨沾到她手上，她就洗去。

他在这里，刚刚当了不到一年的机关干部。原来他一直读书嘛，在大学里做学生。校园里有很多垂柳，年轻的同学们在柳树下散步，校徽闪闪。偶尔散步时也遇到老师，老师的校徽比同学的要红。摘掉校徽的时候又高兴又不高兴，后来进了机关又一阵新的高兴。啊嗬，机关大楼好漂亮！原来好楼都做了机关用。学校的旧楼被无数的书籍压得吱吱响。

他们第一次见面很快就分开了。巨大的热情在胸中孕育了二十多年，都唯恐灼伤了对方。两对眼睛同时抬起，又同时放下。他们分开了，给小小打字间留下了无数的含蓄。

一个晚会上，她拉起了小提琴，拉得真好。那么多人傻乎乎地为她鼓掌。其实她只拉给他一个人听。她身体轻轻动着，琴弓徐徐拖出，完全是一种倾诉。她有时不得不仰起脸来，可你看到的是一双溢满泪水的眼睛。琴声绵绵，如歌如泣。她的头在颤动，手在频抖，提琴像在浪涌和水波上滑动，而弓子就像一个舵柄！情感的船不好驾驭，了不起的震颤与颠簸。风暴和急雨，船舷与船帆。一抹落霞，一丝水光，顷刻间波如丝绒……她用手指勾着琴弦，发出了几个清脆的单音。

他屏住呼吸，流出了泪水。

她在激动，又在抱怨。她那么忘情地回忆着她童年的时光。老奶奶把她抱大了，哥哥领她在街头上玩耍。她不知不觉就长大了，寻找新的伙伴。每到春天的晚上，她一个人就伏在自己洁白的小床上，想心事。人每到了这个年龄就需要寻找一种全新的友谊和温暖，需要另一种庇护，甚至需要一种约束和管理。而那个人就在远处闪烁不定。她恨这个人的姗姗来迟，这个人简直有点故作镇静与矫揉造作。恨时间，恨空间，恨自己傻长。这一天她久久地期待着，她曾换了无数件新装：天蓝色的，橘红色的，月白色的，紫色的，粉色的……她自己也不知道自己是什么颜色的，她唯恐到了这一天有人误解了自己。啊啊，这一天是从傍晚时候开始的，她原来是白色的，洁白洁白，洁白洁白……

罗宁眼里渗出了泪珠。他在琴声里站起来，怕人看见，悄悄地走出了礼堂……

他永远会记得那个夜晚。他记得那天走出礼堂的时候，两脚踏在了溶溶的月光上。一片银白的月光，无边无际。夜静极了，一种玫瑰的香气飘过来。无名的鸟儿在远处轻轻呼唤了几声，又一阵懒慵慵的歌唱隐隐约约透出。夜晚的空气那么润湿，天微微透着凉意。风感觉不到,可是看那一丛丛暗绿的灌木吧，在轻轻摇动,它们的影子也在摇动。他大口地呼吸着，他鼓励自己勇敢些，像一个好男儿。

……他们经常在一起了。

不久，罗宁发觉人们都对他那么热情。特别是处长，说罗宁是他自革命以来遇到的最好的一个大学生，一个纯粹的“年轻知识分子”。有一次他还说，他这一生中，大概心中最敬重的人就是老部长了……罗宁十分纳闷。

后来他才知道艾兰的爸爸就是老部长。艾兰笑他迂腐得可爱，说他真有意思。他说，他是部长就是部长吧，当部长大概很累吧。艾兰说没有你累，世界上最笨的人才最累。罗宁说我要累一辈子。艾兰说累一辈子最后只有一个人会同情你。罗宁说那个人就是你了。艾兰笑笑,笑而不答。罗宁说肯定是你了，可不就是你呗。

作为一对恋人，冷静下来的时候不能不谈理想。他们也谈了一些。可是他们不知不觉中像别人一样，使用了好多大概念，而放过了好多小概念。小概念本来就不够用，一时捕捉不到也就忽略过去。谁知道这可是了不起的忽略。爱，这种东西复杂极了，苛刻起来特别苛刻，迁就起来特别迁就。不妥协永远够不上幸福，而幸福之中又突然觉得不该妥协。变幻不定，冷热交织，所有夫妇最好都在艰难的生活中“脱敏”。今天很快就闪过去了，还有明天、后天，生活显得漫长了。把一切都交给生活吧。

……

罗宁放下电话听筒的时候，觉得两腿沉沉的。他觉得他的爱人受了委屈。是自己委屈了她吗？他怎么也不愿承认。反正她是受了委屈，听听，她在电话里抽泣呢。是别的什么东西委屈了她，也委屈了自己——罗宁这样想。这种东西好像熟悉，又十分陌生。是它委屈了他们俩。这时候真该互相安慰啊，可是……

罗宁的心里也像淤满了黄沙，沉甸甸的，堵在胸口上……他最后想了想，果断地走向电话机，给艾兰挂了一个电话。

八

星期天一大早，李子由就到宿舍里找罗宁来了。罗宁不巧起早出去了，屋里只有一个坷垃叔和三个年轻人。李子由想和罗宁继续就排球场及其他问题随便扯一扯。说是随便扯，实际上李子由很看重这一类交谈。他回头想了想，觉得上次在处长办公室的那场谈话，自己，特别是处长谈吐太露，这容易使罗宁感到处长的一些意思全是他李子由给出的主意。像给三个年轻人调换宿舍之类，会引起几个青年的极大反感，如果罗宁透露给他们并站到他们一边，自己将是十分被动的。他这次就想委婉地表明一下自己的另一些看法，对上次的那些谈话做点弥补。

三个小伙子还在呼呼大睡。坷垃叔先定定地瞅了李子由一会儿，然后就转过身去吸烟了。李子由坐在了罗宁的床铺上，端量着这个宿舍……屋内可真够乱的，墙上、空间、床下，都被杂七杂八的东西占满了。羽毛球拍、运动鞋、镶红边的运动裤头，就堆在角落里，搭在床头上。白糖盒子和麦乳精罐，有好几个。有一罐进口咖啡早已喝完，里面装了香烟，可又盖不上盖子。每张床头都搁了木板，叠了几层，权做书架。书名儿都比较生僻，外国的和古代的占了大部分。有一本书的封面设计古里古怪，抽出看了看，叫作《两种海道针经》……“奇奇怪怪的东西！”李子由禁不住在心里咕哝了一句。这间屋子有一股刺鼻的学生味儿！

他倦倦地倚在罗宁的床上，心想罗宁也真是有福不会享，崭新崭新的小家不待，跑到这个窝囊地方来了。他想到这里，突然记起这个宿舍的卫生成问题，已经很有必要告诉处长一声了。单凭卫生状况，将三个人调开不也是合情合理的吗？正想着，一个家伙打起了鼾，这使他不由得又端详起他们的睡态来了。三个人都穿了漂亮的裤头、一件小小的背心，仰面大睡。由于经常穿短裤，三个人的腿都那么黑红发亮，还油滋滋的。不得不承认，这三个家伙都有一双很漂亮的腿。秦榛的个子稍矮一些，他的小背心左上方还印了个阿拉伯数码，通红通红，这使李子由多少有些不舒服。三个人都给人健壮饱满的感觉，男性的烈劲儿十足。“肯定是三个胡吃海喝的家伙！”李子由心里又说。他这样站了一会儿，重新倚到床上去。他突然觉得趁这机会跟三个人扯扯也很有必要。想到这里他大声咳了几下。

小伙子们打着哈欠坐起来，见了副处长只是点点头说欢迎，并没有太多的热情。他们一下子全涌到水房里洗漱去了,把个李子由搁在那儿。他们洗完了，各自扬一个红扑扑的脸走出来，笑嘻嘻地跟副处长讲话。

副处长没有谈几句就露出了处长味儿，这让三个年轻人恶心起来。秦榛指着李子由对坷垃叔说：“你不是要告状吗？有冤屈还不快诉，他可是大官，找你来了！……”

坷垃叔愣愣地看着李子由，从床上坐起来，烟锅磕了又磕。他说：“我告姜洪吉！……黄沙，哼！它们淤满了，我就把它们再提走。我使的是土筐，一筐一筐把它们提走……”

三个年轻人大笑起来。

“淤满了，我就把它们提走！”

坷垃叔站起来，有些气愤地迎着李子由嚷道。

李子由不高兴地瞥了他们一眼，大着声音对老人说：“你告状的事由罗宁负责给你办。我今天是来找他们谈工作的——听明白了没有……”

坷垃叔哼哼着，又半躺到床上去了。但他不时地瞅一眼李子由。

“有这么个老头儿在宿舍里可够你们受的了，”李子由放低声音说，“罗宁哪去了？”

“没准儿就是去找他小对象去了。”田长浩笑眯眯地说，“那股劲儿……”

“如果这样倒好。”李子由声音涩涩地说。

“好吗？”吴楠眯着一只眼睛问。

“那你怎么看？”李子由觉得对方多少有点挑衅的意味，有点不怀好意。

“我看未必！”

“那你希望他们永远分居下去了——这是嫉妒吧。”

吴楠笑了："没有对象自己找，嫉妒人家干什么——我还不至于那么草包。"

田长浩这时候大仰着脸儿，又像个田二爷了。他说："我十分赞赏吴楠兄的姿态。"他用手摸一下没有胡须的嘴巴，转脸对李子由说："鄙人倒很想听听你对这件事情的看法。"

秦榛和吴楠似笑非笑，一齐看着李子由。

如果李子由再聪明一点就不会回答。可是他认为自己对这一类事情谈点看法很轻松，并且完全可以乘机给对方以警醒和引导——引导从来就是一门领导艺术。他淡淡一笑，随即将笑容完全收回，说道：

"夫妻关系嘛，一定要珍惜。事物都是相互联系的，家庭问题常常和工作问题分不开，比如常吵架，工作任务就完不成……至于具体到罗宁和艾兰，那更有其特殊性了，就是说，是一种特殊矛盾。比如说，罗宁只是个一般的大学毕业生，分配到机关工作不久，而艾兰的父亲德高望重，是我们的部长。应该说罗宁是十分幸运的，要特别珍惜，特别……"

秦榛推推眼镜，打断他的话："照你这么说，罗宁是‘高攀’了？”

“如果实事求是一点，可以这么讲。”李子由紧抿着嘴角，望着秦榛。

“鄙人实不敢苟同！”长浩惊呼。

秦榛冷笑着：“在你看来，权力、地位这些东西，都可以拿出来跟爱情拉平。你倒真现实，可是你不懂什么叫爱情。你在当副处长，但从这一点上看你就不合格。你的基本素质不行。你在散布一种极其腐朽的思想。”

秦榛的学生腔本就让李子由受不了，尚且又如此尖刻。李子由的脖子一下子涨得通红。

吴楠伸出手放在两个人中间，向下压一压说：“嗯，冷静，冷静……刚才嘛，李副处长提出了一个极其有意思的问题。我想，他有一点说得不错，就是事物的特殊性……”

李子由感动地望了一眼吴楠，但刚要说什么，就被吴楠一挥手打断了：“那好得很，嗯，好得很。就像进行定量分析、搞比较文学研究一样，伙计们，咱可不缺这一手。就让咱们来分析一下它的特殊性吧……”

吴楠略一停，换成更平稳的语气说下去：“我和罗宁交往认识也有一段时间了，可以说还了解一点基本情况。据我所知，罗宁的父亲是一位老编辑，母亲是中学教师。经济情况一般。他们很大一部分钱买了书。母亲是模范教师。父亲是个公认的好编辑，曾因为坚持真理被打成了右派，最后他是死在编辑桌上的。父母亲对古典文学也很有研究。罗宁就是长在这样一个环境里。下过乡，当过工人，后考入大学。这是他的基本情况……”

李子由有些不知所云。

秦榛接上说：“巧得很，我对艾兰的情况也知道一点。艾部长早年当过村干部，后参加革命工作。‘文革’前当过处长；‘文革’中造过反，但主要还是被造反。他靠自修，达到了高中水平。艾兰的母亲是后母，婚前是吕剧团演员。艾兰在动乱中念完了小学，又念半年初中，后一直在家，直到做打字员。这就是基本情况。”

“好了，这已经够用了。”吴楠严肃地看了看大家，

“那么让我来总结一下吧。”

“淤满了，我就把它们再提走，一筐一筐提走！……”坷垃叔一个人半卧在床上，发狠地咕哝了一句。

“让我来总结一下。我们不难看出，罗宁这一方的家庭，无论是文化、品德素质还是政治素质，都比较高。如果说文化来自学习，也来自积累和传统的话，那么罗宁的家庭是极其难得的。再回过头来看看艾兰这方的家庭吧。由于多方面的原因，这个家庭整个地看文化素质比较差。假使它的政治素质很高吧（可我们都知道有时这种素质很难加以比较和衡量，它需要在生活中的某些紧要关头去检验），两个家庭也至多拉平。我尊重一个老革命干部的革命历史，正像我尊重一个正直的知识分子的探索史一样，我丝毫没有贬低任何一方的意思。好了，家庭分析就到这里。艾兰和罗宁的自身条件,则比较清楚明白。结论不难做出：罗宁丝毫也没有高攀艾兰。”

吴楠说到这里，停住了。

屋内静静的。

吴楠在屋内踱了两步，又说：“这里必须补充两条：第一，这只是我的标准，也许还有很多标准，但把权力和地位作为爱情砝码的，那种标准是见不得人的；第二，在真正的爱情面前，我们刚才的所有分析毫无意义，我们刚才没有谈论爱情。完了。”

大家都不说话。秦榛和田长浩激动地在屋里走起来。

李子由开始是认真听的，但后来觉得每一句话都陌生而且刺耳，就索性不去听了。他余下精神，只在心里嘲笑这几个学生娃儿的天真幼稚。“哼哼！”他冷笑，而且出了声音。

田长浩听到了笑声，猛地在他面前站住，吼叫一般说：“你哼什么？你能听到这些，是你的运气。交了好运你还哼！……”

吴楠叫了他一声：“长浩！”

长浩的语气这才软下来：“我们这帮子，还是脱不了这身学生气。学生气毛病也不少。可是我们真实，赤诚。在学校时，争论起问题来，就像今天一样！也许出了校门处处碰壁，但我们不骗人作假——一切罪恶都是从作假开始的……我们的党，就是讲实事求是的党！……”

长浩说着，眼里流出了泪水。

“黄沙淤过来，我就一筐一筐把它们提走……”

坷垃叔大咳，坐起来说。

九

“这样闹下去我受不了……”艾兰眼睛定定地看着脚下，说。

“我也受不了。这消耗太大了……”罗宁坐在那儿，两手交叉着，低着头。

“我受不了别人那种眼光。”

“我倒不在乎那种眼光。”

“我被人抛弃了——很多人就是那样看。”

“可我倒觉得是我们两个被抛弃了……”

“我一点听不懂……”

罗宁点点头：“我们两个都可怜巴巴的。一点不错，咱两个被抛到正常的生活轨道之外了。”

“我实在受不了啦，罗宁……”

“我知道。”

“我现在成天不爱说一句话。”

“我也是。”

“你现在确实不爱我了……”

“我爱你。可是我不爱我们两人组成的这个家庭。我和田长浩他们三个住到一起，觉得很安适，全身都放松了，一种放松感……好比一个人在太阳光下走得满头大汗，刚坐到凉飕飕的树荫下一样。还有，坷垃叔也来了，他使我天天想起芦青河……”

“你在家时常常讲那条河。”

“那是童年的河啊！”

“你讲过，你要领我回老家去，在河边上度假。你说你要和我去芦青河湾的淤泥上逮小河蟹……当时我是多么幸福啊，我觉得你的芦青河就是一个好听的童话。后来我才明白，我是再也见不到这个童话了。”

“河湾上长满了蒲苇，一种发红的小河柳，到处是小螃蟹洞。抓一把白沙灌到洞里，然后就能挖小螃蟹了。它们都举着发红的两个大夹，高高地举着。它们的背后就是白亮的河水，很平很平，像一面镜子……”

“真是个童话。”

“这个童话是我自己的。本来它应该是我们两个人的……”

“罗宁！……”

“本来应该……”

“这到底是怎么了？让我们好好想一想吧。把心里想的都说出来……”

“我们天天说，该说的已经说得太多了。还要说吗？让我们就这样坐一会儿吧……”

“你打电话给我，就为了这么坐着吗？”

罗宁点点头。

他们就静静地坐在了那儿。

……

这个小家如今已经有些凌乱了。它曾经是崭新的，有条不紊的，到处透着欢愉和芳香。艾兰这个新娘子下班回来忙着做饭，故意被油盐酱醋累一累，这样累一累怪好玩的。罗宁一趟一趟从楼下往上搬煤,穿一个大裤衩子。吃饭的时候她给了他一点酒喝。他们净开玩笑,说一个人“酒地”倒不要紧,就怕“花天”。

他们也种花。艾兰千方百计要种一棵君子兰，她说机关上人家都有君子兰了，咱怎么能没有？他说碰到手上就种一棵，碰不到就算了。他说他们处长刚刚得到了一棵君子兰，是本处的李子由送他的。处长高兴极了，上班时老是盯着这棵花。艾兰听到这里就一声不吭了。

在机关上，处长也问罗宁怎么不种君子兰？罗宁说碰到手上就种一棵，碰不到也就算了。处长说你得努力啊，你怎么好不种一棵君子兰？机关上谁不种君子兰？罗宁说那么也就算了吧,挺烦人的。处长笑笑，还是说你得努力啊。罗宁觉得艾兰和处长都一样重视君子兰。不过他后来又发现她不是重视君子兰，而是重视机关上都种君子兰。既然这样，君子兰也就算了吧。

艾兰后来赌着一股劲儿，一下子搞来三棵小君子兰。搞来他就勤给它们浇水。后来浇死了一棵，艾兰说这里面有点阴谋。罗宁笑笑，说女人心眼儿没办法，我不过没有经验罢了，浇水也是为它们长得好啊。艾兰吻一吻他，进屋拉小提琴去了。拉了一会儿，艾兰告诉，这些花就是你们处长给的，处长真好啊。罗宁也告诉她，处长“真好”：处长让他好好干，说将来就是他协助做处里工作了，说他年轻，又有学历……

“是吗？”艾兰问道。

罗宁说：是的。他记得清楚，艾兰当时的眼睛一亮。

这天晚上，艾兰十分高兴。她使罗宁也十分高兴。罗宁兴奋之后就有些疲倦，艾兰说你得听我讲个事情。她说你还记得我们散步时遇到过李子由吗？他红着脸看我们。罗宁说记得。艾兰就讲了李子由对她的爱恋。她说她最佩服的就是他那样的一种韧性，这种韧性用到什么地方上还不成功！她说他在机关礼堂听讲座时给过她一些诗。他说你背几句我听吧。她摇摇头，说这是人家送给我的啊，我自己消化也就够了。罗宁对爱人添了几分尊重。接下去她说到李子由常常就在她散步的路边上徘徊，就为的是能看上她一眼。

艾兰的语气中透着对李子由的钦佩，也不能说毫无动心。罗宁感觉到了这一点。他问是什么使她最终拒绝了他？艾兰说她发现他爱艾部长远远超过爱她——也就是说，他对她的出身兴趣太大了些。这让她恶心了。她还挑剔说，李子由的脸中间部分显得洼一些，这也让人看了不舒服。罗宁说后者他倒没怎么在意。

第二天上班时，罗宁不由得对李子由多看了两眼。他发觉艾兰说的真不错……这一天处长又笑嘻嘻地和他谈起让他“协助”工作的事，并说自己是党组成员，在机关上说话受尊重，等等。罗宁说谢谢了，谢谢你的器重了，我刚参加工作不久，什么都不懂。再说我并不热衷于某些东西，起码不像有人认为的那样……

回到家里，他说李子由的脸确实那样，并把处长和他的谈话讲给了艾兰听。开始艾兰在笑，后来就一声不吭了。他见她对这些话题没有兴趣,就换个话题。他谈到了给赵小梅整材料的事，并谈了对这件事的看法。艾兰还是一声不吭……晚上机关礼堂有讲座，应邀来讲的是一位历史系教授。一般讲座罗宁是不去听的,而这次他和艾兰一块儿去了。老教授白发苍苍，比较瘦小，坐在讲坛那儿，一种奇特的肃穆气氛笼罩了整个大礼堂。老人语气舒缓，声音清晰，不怎么看讲稿，偶尔做一个手势。台下静极了，只听见笔尖划纸的沙沙声。这天夜晚从礼堂回家,罗宁睡不着了。他说他想起了母校，想起了学校生活……第二天他特意去了一趟书店，买回了老教授的两本历史著作，其中的一本还是精装烫金的。他对艾兰说真棒。艾兰接到手里看了看，马上还给了他。他说今后要争取在工作之余多读点书，还要把扔了的外语拾掇起来，拼上几年，有可能的话考考老教授的研究生！艾兰惊讶地看了他半天，说你是让个老家伙迷住了。他说好啊,你在管一个了不起的学者叫老家伙了,好啊。那是何等的深邃和辉煌啊，你就没有被迷住。我在那一瞬间倒感到了一种特别的幸福，我被领进了一种新的境界。我不得不折服，不得不倾倒，我把自己都给忘掉了！……

你把这个家也忘掉吧，你把我也忘掉吧。你再也不那么安分了。你对工作再也不安心了。像你这样刚参加工作的年轻人，哪个人没有点进取心？

你这样谈论进取心倒使我难受。说老实话，赵小梅的材料以及好多类似的事情，是我没法忍受的。我倒怀疑起我日常工作的意义和价值了。你所谓的进取精神，与真正意义上的进取精神没有什么关系。不是这样吗？

当然不是。你以为你在干什么，你以为你说了些什么？你否定了多少东西啊。多少人天天这样工作，任劳任怨，你怎么能否定这些！

我并未全部否定，我岂有那样的胆量。我否定的只是该否定的那一部分！我们不是在进行改革吗？改革中有些东西就得被否定。

听听你的口气吧。你也太聪明了。这么大的机关都快盛不下你了。你快考研究生去吧，快读你的书去吧！

我当然要读书。我一生都要刻苦读书。像你那样不愿读书的人，简直使我吃惊。你对于文化，对于当代智慧不感兴趣；更让人吃惊的是你对这一切竟有着天然的排斥力——这真让人吃惊！我越来越感到了这一点……

你感到了吧，你爱怎么想就怎么想吧，我还是我。我就是这样……

艾兰咕咕哝哝，最后哭了，哭得非常伤心。最后罗宁也有些后悔了。他想他不该谈那么多，没有意思。

后来他很少来家讲机关上的事情。

秦榛、吴楠、田长浩，星期天常在他们家里玩，并留下来吃饭。这也使艾兰不高兴。她不喜欢这几个人的味儿。他们差不多都骄傲得要命，胆子都不算小。她想她的罗宁就是多少染上了他们的味儿……

不久，机关上宣布了一批新干部的任命，李子由成为副处长。艾兰心里很清楚，原来的这个位置是罗宁的。

她在家里强作笑颜。她压抑着心中的不快。但这并不能很久。她觉得受了什么侮辱似的，委屈极了。

她终于朝罗宁发起火来。她再也不像一个小羊羔了。罗宁非常痛心，他失去了一个洁白洁白的艾兰！

很清楚，当年的李子由追求艾兰，是为了寻找艾部长；今天的处长偏爱罗宁，同样是为了寻找艾部长。你不明白吗？你怎么今天就没有勇气拒绝了呢？

罗宁失去了一个洁白洁白的艾兰……

一片和谐打破了。要寻找新的和谐还需要很久很久，也许永远也寻找不到了。他们常常吵架了。罗宁为了避免吵架，有时一天不说一句话。她抱怨起别人来嘴巴真厉害——他觉得她真奇怪啊，想不到，一点想不到……

这终于导致了分居。

……

他们不说话，就那么静静地坐着……晚霞燃烧起来，他们全身都红扑扑的。艾兰的胸脯不停地起伏着。她最后说："我算知道男人的心是硬的了……"

"是硬的……"他轻声说了一句，把手搭在了她的肩膀上。

她偎进了他的怀里，他吻了她。她的眼泪清泉一般涌流着……他喃喃地说："……我们幸福过，我们应该更幸福。属于我们自己的这块绿洲也淤进了黄沙……这是我们不幸的地方。我们暂时是分开的，可我们在思索自己，我们合起来的那一天，我们家里的一切又该是崭新的了……"

艾兰抬起了泪眼，点了点头。

十

看来坷垃叔的事情一时不会有什么结果。罗宁劝老人不要太焦虑，权作是来这座城市玩玩，观观光景好了。老人听了后半截儿话生气地摇摇头，用拐捣着地。但罗宁工作之余约他出去走走，他倒也同意了。平常坷垃叔从来不到大街上去，他最熟悉的路也就是从集体宿舍到"信访办"这一截。他来到商店门口，见这么多人拥挤在一块儿，吵吵嚷嚷，惊讶得合不上嘴巴。

卖冰糕的，卖冷饮的，"五分钱一看"的，甚至是卖牛仔裤的，见了坷垃叔都起劲地叫卖起来。坷垃叔愣愣地、不解地看着他们，他们还是起劲地叫喊。他们料定这是个进城来的农村老头儿，而据书上讲，农村的老头儿都发了财，进城的常常就是财神爷……坷垃叔有些不安，从衣兜里掏出五分钱要买冰糕给罗宁吃。冰糕要一毛五才一支哩，人家在摆手。这时就有人在一边嚷：“五分钱一看！”紧接着把“手枪”对准了坷垃叔。罗宁推着坷垃叔走开了。

他们在人群里费力地穿行着，很快出了一身大汗。罗宁觉得口渴，但又不敢去买那些花花绿绿包装起来的饮料——最近不知有多少人在街上喝了饮料病倒了。商标都很堂皇，这就没法鉴别了。他可不敢让坷垃叔病倒了。本来他们还要去影院看看电影，去看看溜冰场，但最后只得另择时间，口渴得要命。他们抓紧时间回宿舍了。

三个家伙都不在。睡觉前这一段，正是他们三个起劲闹腾的时候。罗宁想这几个家伙不是打乒乓球去了，就是看录像去了。录像的魅力无法抵挡。开始他们都骂“庸俗”，后来又说“小拳打得还真棒！”本来处里安排他们突击赵小梅的材料，但处长临时改变主意，不让他们沾手了。三个家伙高兴极了。三个家伙每天晚上出去逛，回来就咕哝：“小拳打得可真棒！”一边咕哝一边照罗宁的后背来那么一下子……

罗宁照例和坷垃叔聊天。坷垃叔指三道四，言不及义，没得聊。罗宁就无终无了地问一些老家的事情，高粱呀，谷子呀，村后沙岗子上的酸枣棵子呀，拐子四哥的事呀，等等。坷垃叔偶尔也能迸出点有意思的话来，比如，老寡妇改嫁了，大哑巴下边的老病又犯了，小哑巴让儿子偷皮袄卖……那么那片大柳林呢？罗宁没有问几句就又问到那片大柳林了。坷垃叔又含混不清地说乌鸦，说黄沙淤过来了，他一筐一筐地往外提。他说他老了，提不赢。他还要一筐一筐往外提……完了，一说到黄沙坷垃叔就动了感情，最后说一声“我告姜洪吉！”就仰卧到床上了。

老人的火绳冒着白烟，挂在床头上。白烟儿颤颤地往上飘，在天花板上，那白白的烟线又铺成一个薄片。薄片逐渐放大生长，漫盖了整个天花板。它又沿着天花板的四角和墙壁往下延伸，边缘齐整地接触到地板上……罗宁想：艾棵火绳的白烟儿做了个大帐子，大家都在这个大帐子里喘息着，闻着它的奇异的香味儿。温馨的清香使人安逸舒适，脑袋热乎乎的。他透过这帐子望着火绳的一端，望着那个红红的火点儿。火点儿后来颤动起来，再后来就看不见了……他是瞌睡了。

他仿佛来到了童年的柳林里。柳林的边上还有杨树林,还有橡树林。他仿佛在童年的柳林边上奔跑着，气喘吁吁。橡树那铁一样的树干上，常倚着他稚嫩的身躯。橡树铁一样,可是生出了那么娇嫩多情的叶子，油亮亮。橡子包在毛茸茸的包皮里，像戴了一个肥大可笑的绒线帽儿。他多么喜欢这橡树啊。在一片树林里走动，你突然遇到一棵黑黑的橡树，就会欣喜地停留下来。它长得真结实，真刚强。他知道一些木头器具的最关键的地方，才使用橡木制作，比如刨木头用的刨子床……他还见过一种掘东西用的木铲，细长如剑，锋锐也如剑，光滑冰凉，也是橡木做成的。橡树在林子里，就像一个老好人，孩子们攀上它的头顶,从来不会被枝丫划破皮肤。橡树的皮肤粗糙黝黑,很像老伯伯的手背。一片树林里没有橡树,这片树林就太单纯,就像人群里没有老成持重的人一样,显得不那么可靠。童年的柳林连着一片橡林,柳林就显得深邃了。绿荫连着绿荫,草地连着草地。枝丫相摩,一棵柳树歪倒在另一棵上,另一棵就这样扶抱着它过了十五年。一群群的孩子在林子里嬉闹,迷了路的时候就寻找橡林,他们沿着柳橡交界的地方一口气跑下去,就能跑出林子。原来的林子据说是真正没有边缘的,后来芦青河边上闹长毛,又闹大鬼二鬼,林子也就闹没了许多。再后来芦青河边上又闹了好多次别的什么,也闹去了一片片林子……

罗宁晃晃悠悠的,很像坐在了一驾马车上。他用手揉一揉眼睛,也没有把自己揉醒。后来他打起鼾来(他可从来不会打这玩意儿),呼噜呼噜的,使他自己梦起了一种声音很大的机器来。这种机器个头很大,周身由生铁铸成,黑乎乎的。全村里就这么一台机器,干脆把它放在芦青河边上车水了。机器上有一个大洞,人们在里面点了火,就不停地往里投木柴。这些木柴都是砍林子砍来的——村里奉命组织二十八人的队伍，天天砍林子，砍出空地就播上粮食，砍出木头就送去烧机器，送去造水车和风车。但主要是等空地用,上级说要在空地上放卫星。空地出来了，木头拉走了，就开始放卫星了:人拉着犁子播小麦种，横着播完竖着播，竖着播完斜着播，原来是种地罢了。有人说沙土地不长小麦，放卫星的人就用鞋底子打了那人的嘴巴，后来果然不长，就改种红薯了，这一下卫星放成功了！……事后多少年，坷垃叔还在空地上指指点点，告诉他这里曾经放过一个卫星。

呼噜呼噜的，大黑机器不转了，驶来了一驾木轮马车。驾车的人捆着裹腿，横眉竖眼，原来是个伪军。他把车赶到林子里，就伐起大树来。坷垃叔等一帮子人赶来阻拦，他就解下腰上的皮带抽打起来，一边打一边骂，说好大胆子，这是修炮楼子用的，你们也敢阻拦！大家眼巴巴地瞅着他把一车好木头拉走了。再后来，又来了第二辆、第三辆木轮子车，驾车的人都那么横眉竖眼的……

林子越来越小了。风起的时候,黄沙就飞舞起来。

大沙岗子沉睡了几十年，这会儿也醒来了。岗子下有一片果园，它把果园吞去了一半儿，梨子，李子，只在黄沙里剩下个梢梢了……承包开始的时候，没有人敢承包这片果园，别看承包额定得不高。谁都知道黄沙这玩意儿可不是好惹的！后来有一个黑乎乎的老头儿站出来了，手提着两只大土筐，说他要承包。他承包当然好了，姜洪吉（村头儿）哈哈大笑了。

黑老头儿在月影里干起来了，用土筐往外提那些黄沙了。他提一会儿就吸一锅烟，看着月亮定时间。等他转脸看月亮的时候，让人看清了这是坷垃叔。坷垃叔终于解放出那梨子和李子了……后来黄沙一夜之间又淤满了，坷垃叔又提起来。这样不知多少次，坷垃叔终于没让黄沙待在果园里。秋后丰收了，姜洪吉脸儿一抹，说原来的承包不作数了，这承包额得另定。坷垃叔气得身子直抖，跺着脚跟他吵。姜洪吉一个巴掌打过去，坷垃叔一个跟头也就栽倒了。坷垃叔说你等着吧，我要进城里去告倒你，我要像提黄沙那样，一筐一筐把你提走！……坷垃叔一连三天不出门，在家烙了一摞子锅饼，捆到后腰上，削一支拐杖上路了。

……

“小拳打得可真棒！”……一声喊叫，门被碰开了。三个家伙一下子把屋里的两个人闹醒了。秦榛可没忘了随手给罗宁后背那儿一下。

罗宁静静地躺在床上，脑海里的画片还没有完全消逝……黄沙的嘶叫他还依稀听得见……他在梦中编织了一些完整和不完整的故事，连他自己也给弄得莫辨真假了。

“罗班长还在装睡，瞧我再给他一拳！”

他等待着那一拳，可是终于没有打下来。他睁开了眼睛，首先看到的是艾棵火绳那个通红通红的火点儿。

十一

处长把烟嘴咬在嘴角上，到几个科室转了转。他走到田长浩桌边时，田长浩正在喝咖啡。他问：“喝的什么？”田长浩答：“咖啡。”“怎么不喝茶呢？”“咖啡顶了。”“顶了……”处长咕哝着，随手将一份斜放在桌上的文件拉拉正，又瞟了瞟他脚上有没有穿拖鞋。处长这样站了一会儿，问：“你们几个业余时间怎么安排？”田长浩笑笑：“随便玩玩，也不用怎么安排。”“怎么玩呢？”“打球看书，有时也看看录像……”处长咽了一口唾沫，忙问：“什么录像？”“也不过打打拳吧。”“穿着衣服打吗？”田长浩听了最后一句站起来，看着处长笑了。

“你不用笑……你们几个一块玩吗？罗宁和你们一块吗？”处长皱着眉头问。

田长浩呷了一口咖啡，摇着头说：“我不回答了，你不是善意的……”

“我可没工夫跟你开玩笑，”处长冷笑着，“这是谈工作。”他看了田长浩一会儿，接上说，“写一份总结，就是半年来的工作总结，交到处里。你们几个都写。”

田长浩问：“我们科里都写？”

“你们几个，秦榛、吴楠……”

“让我们写检查？”

“总结。工作、思想情况，就和汇报差不多吧。”

“不年不节写这玩意儿干什么？”

“你们参加工作时间短，就是应该写了。”

“年底不是刚写了吗？”

“服从处里安排就是了，用不着讨价还价。秦榛他们我早上也通知了……三天以后交给我吧。”

处长说完就走了。

田长浩默默地坐了一会儿，然后站到了走廊里。他看到吴楠和秦榛也站到了走廊里。大家都默默相视，表情严肃。他没有走到他们跟前，因为上班时间不准乱窜。如果从这个办公室走到那个办公室，就叫“串堂”。处里开会时处长总要用眼睛四下里看看说：“有人‘串堂’……”所以他没有动。不过他心里知道他的两个同学也已经接到相同的通知了。他这样望了一会儿同学们，就回到屋里去了。

他想，不用说，是李子由的坏点子。这小子在宿舍吃了点亏,就到处长跟前添油加醋了。肯定是这样。

下班回到宿舍里，秦榛首先骂起了两位处长。罗宁制止他，他连罗宁也骂了，说他“假道学”。罗宁苦笑起来，琢磨着“假道学”这三个字。吴楠一直没有作声。吴楠的眉头皱着，看看凌乱的屋子。他把绳子上的裤子抽下来，又踢了踢角落里的一堆鞋子，说：“今天办公室管卫生的同志跟我说，集体宿舍的卫生要搞好，这一回抓卫生可是市委下的决心。好坏都要树个典型，可不要做那个坏典型。他倒是好意。不过我看这卫生也好不到哪里去，多少人挤在一间小屋里……张口闭口你们到大机关来了，要这样、要那样。有一回我跟行政科长要求房子，他说要艰苦奋斗啊，那时候战争环境睡通铺，一人一砖半……”

“‘一砖半’是什么意思？”秦榛问。

“就是一块砖头再加半块砖头的距离！”田长浩说。

“巧啊！”秦榛用拳头捣了一下桌子。

吴楠继续说着：“刚来那会儿我就信了这‘一砖半’，可看看人家单身司机、炊事员，谁都是一两个人一间屋子。我这才明白了，我们是刚出校门的穷学生，对他们没有用处！……”

“你还没见有些干部哩，一年换三次房子，哪栋好住哪栋。也不嫌搬家累……”长浩说。

吴楠笑笑：“他们从来不用自己动手搬。你想想，来机关后，处里安排我们帮大小领导搬了多少次家了？你数不清！”

大家都沉默了。

坷垃叔不知从哪里搞来一些酥皮点心，这会儿让这个吃，让那个吃。大家都没有心思去食堂打饭了，就接过来吃了。坷垃叔嘿嘿地笑着，高兴极了。

田长浩取出一支烟来，用坷垃叔的火绳点了，长长地吸一口说：“刚来那会儿，我们嫌这地方太热，都穿了背心短裤。后来有人就说，在大机关工作，哪能穿这样的？我们就全不敢穿了。坐在桌前办公，有时愿穿穿拖鞋，有人就说，在大机关工作，哪能拖拖拉拉的？我们休息时间哼哼歌曲，有人就说，在大机关工作，哪能这么哼哼呀呀的？我有一次和处长他们一块儿骑自行车到市里，我嫌他们太慢了，就骑到头里去了。可后来有人说，处长还没那么快哩，看你能的！……”

秦榛说："还说这些！我们科里讨论问题，开始让大家畅所欲言，后来又嫌我说多了，科长脸拉得老长。我们科长倒是老好人，不过他也看不惯……"

吴楠点点头："就是这样。看看吧，他们就是这样一点点搞走了我们的学生味儿。到头来我们都变成些挺规矩的小老头儿。搞走了我们那么多，可要一间宿舍都不给，连在空地上搞个排球场都不行！我们自己用这五十多元的月薪买球买网也不行！还老要我们写汇报！……"

吴楠愤怒了。他转脸问罗宁：

"你是团支部副书记，你同意建个排球场不？"

罗宁说同意。

"那好。业余文体活动就该是团支部管，不用他们处里研究！伙计们星期六打扫卫生的时间，跟我去搞排球场！"吴楠挥着手说。

秦榛和田长浩都应声说棒。罗宁长时间没有吭声，停了一会儿站起来说："我也去。我和你们一块儿去整那个场子。"……

星期六下午照例打扫卫生了。吴楠等几个年轻人果然拿着铁锹和镐头到楼南的空地去了。罗宁到的时候他们已经竖起了两根柱子，拴好了网子。网子是崭新的、暗绿色的。柱子下还满是荒草和石子。排球网子像面旗帜一样了，大家在网子下干得十分起劲。机关的其他年轻人见了也纷纷跑到空地上，大家的情绪高涨起来。

秦榛忙着画线，画得非常直，石灰水洒得也均匀。“太棒了！他妈的小拳打得还真棒……以后休息时间就来一场！”

田长浩对罗宁说：“干起来也就干起来了。”

场地上刚刚捡过了大小石子，除去了荒草，吴楠就“发球过网”了。一帮子青年拥上去接球，好几个人跌到一块儿，哈哈大笑。正笑着，处长和李子由来了。

处长咬着烟嘴，点点头朝罗宁走过去了。李子由捡起地上的球，啪地发过了网去。吴楠又把球推给他，可是他没有接。他向处长他们走过去。

处长的脸色有些发青。罗宁两手抄在裤兜里，看来刚刚说了句什么。这时处长说：

“行，这样也可以。不过，你就负责吧。”

“我负责。我应该为我们机关的青年做点什么。”

“部里追问起来你要负责。”

“在空地上竖两根杆子,很简单。部里不会追问。”

“哼哼,”处长瞟一眼场上刚刚跌倒的秦榛,“我看不简单。我们这个大机关从来没有发生过这类事情。”

李子由嗓子沉沉地说:“应该事先商量嘛。”

“小拳打得真棒啊!”吴楠在场上喊。

“他们提了几次意见,你们研究了快一年,研究结果谁也没有告诉……”罗宁说。

“从来也没有发生过这类事……”处长说。

罗宁笑了:“体育活动有利于工作,部里应该表扬。说不定团总支还会推广这个典型。推广典型什么的咱机关上有经验,‘学习英雄赵小梅’……”

李子由一动不动地盯着处长的脸。

十二

秦榛几天来老是独往独来,引起了同宿舍几个人的注意。大家也不问他。包子里到底是什么馅，到时候也就知道了。这个小子忙忙活活，肯定是有鬼。

“是得注意一下了。”田长浩语重心长地说。

吴楠笑笑：“这家伙尾巴一翘我就知道他往哪飞。”

“你是说他搞上了一个？”

“不要问他。他得意的时候自己就说出来了，不说心里难受。”

秦榛回到宿舍来的时候，长浩和吴楠故意扯一些他插不上嘴的话题，他在屋里不安而兴奋地走来走去。有时他蹲下来和坷垃叔找几句话说，坷垃叔的话他又听不懂。他说：“哎呀，天真热。”

大家躺下来的时候，他问罗宁怎么不在？罗宁哪去了？

吴楠和田长浩都知道罗宁为坷垃叔的事奔波去了，但故意都不吱声。

秦榛也不吱声了。停了一会儿他哼起一首歌来，哼完了以后又说：“明天晚上机关礼堂有好录像，最新的，刚从市广播电视局弄来的……”

大家仍旧不言语。

秦榛大声说："录像太棒了！我明天晚上可不待在屋里了，我明天可得早些去占个好位子！……"

他说完翻个身，呼呼地睡着了。

两个人在黑影里笑着。他们都想：这么积极地倡导看录像可是从来没有过。哼，明天晚上偏不去看录像！

第二天晚上，吴楠和田长浩很早就离开了宿舍。可他们到大街上转了一圈，一人吃了一杯冰激凌，就往回走了。

到了宿舍门口，他们听见里面有哧哧的笑声。吴楠看了看长浩，敲了敲门。笑声没了。坷垃叔咳着问："谁呀？"他们也就把门推开了！

秦榛稳重地坐在一旁。屋子当中有个穿运动服的小姑娘走来走去，膝盖那儿一颤一颤的。她见了刚进来的两个人，毫不吃惊，只是笑眯眯的，把手收起来。刚才这双手大概还对着秦榛比画什么。

吴楠和长浩倒是愣住了。秦榛搞来了这么小的一个姑娘，倒是他们始料未及的！

小姑娘似曾相识。但又的确是陌生的。她很瘦，个子倒也矮不到哪里去。脸相顽皮是主要的，漂亮倒是次要的。留了短短的头发，从后面看不误为小男孩才怪！她也真像个小男孩那样，吃着瓜子，吐着皮儿，笑眯眯的神气，无所谓的神气。她端量着吴楠，又瞟瞟长浩，多少有点做鬼脸的样子。

吴楠和田长浩两个这才松了一口气。他们想这么个小姑娘总不会是秦榛搞来的对象吧。长浩用手抚摸着下巴问她："上几年级了呀？"小姑娘嘿嘿笑着，往后直退，长浩就伸手在她削短的头发上撸了一下，逗她。

她不笑了，十分严肃地整了一下头发，望一眼长浩，又望一眼秦榛。

秦榛有些紧张，磕磕巴巴地说："她……在市体工队工作，体操运动员……她十九岁了呀！"

"唔？唔唔……"田长浩惊恐地搓着手，红着脸退到黑影里了。

"你他妈的！"吴楠踢了长浩一脚。

不过体操队员很快又高兴起来了。她问这问那，一双长腿踢踢踏踏的，语无伦次又天真可爱。她说：“你们这屋里一股味儿……”

“什么味儿？”秦榛问她。

“男人味儿。我们体工队男队员宿舍就这股味儿……顶鼻子！”

吴楠笑了。他有些不安地活动着身子说：“俺们管这叫‘学生味儿’……”

体操队员嘻嘻笑着，竟然把脚放到了坷垃叔的小床上压起了腿。吴楠这会儿在灯光下端量着她，觉得她到处都像个小姑娘，唯独眼睛内涵丰富。他后悔刚进屋那会儿没有好好注意一下她的眼睛！他又瞟了瞟秦榛，那小子得意极了，这会儿老在看她，像注视着自己的一件作品一样……

体操队员又玩了一会儿，说声“要走了”，就想走出门去。她临出门前从筒子包里摸出了一包东西，扔到罗宁的床上，朝几个人笑笑，就走了。秦榛去送她了。

吴楠和长浩赶紧解开那个包，见是点心和咸花生米。他们有些纳闷。

长浩说："秦榛这小子真行！"

吴楠回到自己床上，没有吱声。

秦榛走了好长时间才回来。他有些喘息，嘿嘿笑着，冲这个笑笑，冲那个笑笑。长浩说："你这个小子，什么时候逮住了这么个'小麻雀'！"

秦榛细声细气地说："她真小真好，是吧，是吧。你说怪不怪死了……"

"我问你怎么认识她的！"长浩打断了他。

秦榛哼哼着，在床上拧着身子，就是不言语了。长浩再三催促，他才说是在市体育馆看体操时认识的，他说他有一段时间常常睡不着，就是因为她嘛。他说他第一次见她时，她是抄着手——两手抄在裤子口袋里，在红地毯上来回走。我一看这个动人哪！我想她那么小，两脚站在我手掌里我也能把她举起来。

长浩说你真能吹，你哪能那样就把她举起来！

秦榛神秘地笑着。停了一会儿他突然告诉：她叫艾华，是艾兰的妹妹——你们没见她捎给罗宁那包东西？那是艾兰让她捎来的……

吴楠和长浩都“咝咝”地吸着气，坐了起来……

这时候罗宁回来了。他拿起那个包，长时间地看着。

“艾华来了。”秦榛亲切地告诉他。

罗宁点点头，仍旧看那个包。

长浩光着身子跳下床来，说：“罗宁，你还不知道，秦榛是你连襟了……”

秦榛得意地哼了一声。

罗宁放下包，看样子并不怎么惊讶。他微笑着说：“是吗？那这个家伙这会儿正得意呢，你们听他哼这一声……说句真的，艾华太好了，太让人喜欢了。不过秦榛你以后不能再对我嬉皮笑脸的了。”

“是啦，罗班长。”秦榛严肃地应道。

停了一会儿秦榛又补充说：“不过你得搬回家去——这是个大前提。我对艾华说，我一定能让你姐夫回家去住……”

“这个家伙出卖罗班长了……”田长浩转过身去，凑到秦榛床前教训他。秦榛赶紧求饶，又责怪长浩怎么能按那个地方，那个地方是个穴眼……

坷垃叔一直像睡去一样闭着眼睛，后来他听到了罗宁的声音,就睁开了眼睛。罗宁劝坷垃叔睡吧睡吧，老人才重新闭上眼睛。罗宁叹息道：“农村人进城告状真不容易啊！坷垃叔的事不知什么时候才是个头。我找‘信访办’的领导，他老跟我打官腔，说组织原则啊，群众影响啊……还问我搬没搬回去！他倒关心起我这个事了……”

大家都不吱声了。

不知过了多久，大家听见吴楠在床上翻动着，这才记起吴楠很长时间一声没吭了。肯定是秦榛的女朋友使他联想起自己的婚姻了，他在叹气呢。

吴楠真不幸。毕业前一年他们到一个县城去实习，吴楠爱上了一位中学教师。她黑乎乎的，可一双眼睛深陷在里面，极其明亮多情，还有光光的高额和鼻梁。她多少有点新疆姑娘的味道，特别迷人。吴楠如醉如痴，常常去找她。她也对吴楠一见钟情。可是这不久便被县城一位领导的儿子知道了，他竖起一根手指对吴楠说：“你如果还想要你的腿，下次就不要来了。”吴楠回答：“下次我一定来，让我们两个试试看吧。”他真的又去找她了，可没有找到。后来实习结束，他们也就离开那座县城了。吴楠写去了好几封信，都未见回音。再后来，吴楠得知她嫁给了一位老校长……一个谜，一个永久的痛楚……

吴楠还能寻得到他的爱情吗？他是在叹息这一切吗？

屋子外面传来啪嗒啪嗒的声音。下雨了。

吴楠打破屋内的沉寂说：“下雨了。”

“下雨了，吴楠。”罗宁说。

吴楠坐起来，一双眼睛闪闪发亮，盯着罗宁问：“小体操队员十分纯洁，是吧？”

秦榛抢先回答：“可纯洁了！”

吴楠朝他摆摆手：“你还不懂。我问罗宁。”

罗宁点点头：“是这样……她和艾兰不太一样。她里里外外都那么纯洁。开始我不懂这是为什么，后来我好像明白一点了。她很小就表现出体操方面的天赋，体育部门就把她找了去，从此她整天和一帮小女孩子在一块儿了。除了比赛，她们一般都是驻扎在训练基地那儿，她们老住在海滨小城威海——你们到过那里吗？没有。你们该去看看。水是绿莹莹的，满山满城都是黄花。城里的草坪像绒毯一样，空气绝对透明。也怪了，这是个没有尘埃的城市。女孩子们就在这里住着，训练自己……”

吴楠激动地站起来。他望着窗外的雨丝说：“不要说了。我全明白了……”

十三

坷垃叔这一天没有按时回宿舍来。罗宁到“信访办”去找，人家早已经关门了。他又在附近的街巷找了找，仍未见人。他突然想到老人是手持拐杖走到这座城市来的，那么也很可能再手持拐杖走回去。想到这里他感到心头一阵灼痛，就急急地朝前奔跑起来。

到哪儿去找呢？

天就要黑下来了。罗宁跑在路上，不断地责备起自己来。他想他不该老是让老人一个人去那儿静坐，可是他又没有别的办法——老人非坚持天天告状不可，而他又必须上班……他焦急中突然想起个办法：回宿舍把他们几个都喊出来，大家分头去找一找！他赶紧往宿舍跑了……

推开门，竟是艾兰一个人坐在床边，见他进来了，急忙站起来问："告状那个老大爷没回来吧？"罗宁说对呀！他在哪儿？艾兰说她下班时见一个老头子坐在市委大院门口，好多人劝他都劝不走，她问他是从罗宁那儿来的吧？老人家又像点头又像摇头，呜呜噜噜也听不清。她不放心，就跑来了……罗宁说那肯定就是了。

他们向市委跑去。

果然有个老头儿坐在大门前面，望着一片暮色，盘腿坐在那儿。他的身边就是那根拐杖……他们扶起老人，一遍遍劝说着，老人才肯挪动步子。老人说："一个月！一个月！……"罗宁开始不明白：老人刚住了一个多星期啊。后来他突然想起坷垃叔是一步一步走来的，这才明白过来……他搀紧了老人家。

宿舍里的火绳早已熄灭了。这使罗宁想起老人会是一天没有吃饭，就让艾兰给老人做饭。他给坷垃叔点了艾棵火绳，又对在嘴上把它吹旺。满屋里都是艾香了。

坷垃叔吃着饭。艾兰已经好长时间没有像一个主妇那样地料理饭菜了，当她点燃了一个小煤油炉，在自来水龙头上涮着刀铲时，心中竟然一阵幸福和激动。坷垃叔吃饭时，她就在一边看着。

坷垃叔吃过了饭，站起来，一动不动地看着罗宁和艾兰，嗓子低沉地说一句："我告姜洪吉啊！"

罗宁和艾兰点点头。

罗宁给他点着了烟，看着他满意地吸了一大口……罗宁的眼睛有些湿润。

"黄沙淤过来，又淤满哩。我就用土筐往外提，一筐一筐……咳，咳咳！……"

"你听听，他就这样说，没人能听明白。他走了一千多里。就为了来说这几句话吗？"罗宁难受地对艾兰说。

艾兰稍稍有些惊讶地看着老人。她说："是不是坷垃叔就是来告'黄沙'呢？'姜洪吉'也许是黄沙的别称——乡下常有很多古怪叫法，比如管月亮叫‘婆婆’……”

罗宁被她新奇的推断惊住了。他久久地望着她。但他还是摇摇头：“‘姜洪吉’是人名，他们的村头儿……”

坷垃叔吸着烟，看着两个人说：“一个月！黄沙又淤满了……”

罗宁劝说着：“坷垃叔，你来一趟多不容易啊，不用急，我们一边找人，闲下来一边陪你玩玩、看看。我们还要进戏园子……”停了会儿罗宁又说：“我已经多少年没有回老家了。我放假的时候一定回芦青河去。你还领我上河湾，到柳林里逮鸟……”

罗宁有些神往地看着坷垃叔：“小时候你领我穿过柳条行子，你趴在里面不出来，我急得哭了。蝈蝈一叫，我又去逮蝈蝈了。可你又在那边唱了。一边是蝈蝈叫，一边是你唱，我不知到哪边好……坷垃叔还记得你怎么唱吧？还记得吧？……”罗宁看着老人，轻轻地哼起来：

大肚儿蝈蝈两头尖，
做嘛不喜欢？
知了穷知了，
蝈蝈儿唱个秋天。
汗水热来露水凉，
蝈蝈儿在葫芦上面……
……

坷垃叔听着这歌唱，慢慢把烟杆儿从嘴里拉出来，一动不动地举在腮边。他的眼睛望着窗外，僵住了一般。这样停了一瞬，突然那只举烟杆的手剧烈地抖动起来，满是胡须的嘴巴张开，张得老大，啊啊地也唱了起来。老人的词儿吐不清，只是唱着：

吁呜啊兮呼啊兮呼，
呜啊呜啊呼啊依哉！
么呜呜欤，
依呜呜欤，
啊啦啊呜啊啊，

呜噜兮呜噜兮依呜啊哉！

……

坷垃叔坐在小床上，瘦干干的身躯硬硬挺立，头颅昂着，那双眼睛显得焦干焦干。这歌声一句也听不明白，又好似清清楚楚的。这像歌唱吗？这像哭诉啊，呜噜呜噜的老年人的哭诉啊！

呜呼兮呜呼兮，

呜啊啊呜啊呜呼！……

不，这还是歌唱啊，歌声无比悲怆。老人把几十年的日子全唱进去了，谁说听不清词儿？壮年时候一声呐喊，震得屋梁也呜呜嗡嗡。什么时候听不清词儿了呢？这悲怆的歌声啊，唱得人心里颤颤，心里酸酸……

罗宁低着头，转过脸去。他再也不想听了，不想听了。他只在心里问，歌声可以代替告状词吗？歌声可以代替一个老农民的起诉书吗？

呜呼兮呜啊啊，

啊呜呜啊呜呜！

……

艾兰听着听着有些惊惧，她像求救似的尖声喊道：“罗宁！……”

罗宁也像坷垃叔一样地望着窗外，他望到了什么呢？罗宁！

坷垃叔不唱了，汗水突然顺着额头，顺着松松的颈肉流下来。老人大口地喘息，手里的烟锅松松欲脱……艾兰开了窗户，递过一个毛巾。她劝老人歇息吧，歇息一会儿。

坷垃叔看着艾兰，重新咬住烟锅了。他吸着烟，眯上了眼睛。他咳着，咳着，疲倦地仰卧在床上了。

罗宁一直望着窗外。罗宁！

艾兰走过去，吻了吻他的英俊的额头。罗宁轻声问一句：“你听过这种歌吗？”

“没有。”

罗宁沉思着："我们俩的差异也许就在于：我从小听过这种歌，而你没有……"

"也许真是这样……"

"我们的生活太安逸了。我们没法儿去经受一种心理上的苦难历程。我们太不了解苦难了，艾兰。我一想起坷垃叔一辈子是怎么熬过来的，就感到自己太渺小！……我想了想，我有时忙忙碌碌的，与坷垃叔他们的幸福没有丝毫关系。我为我的庸俗感到难堪。想到这里，我也就明白一点了，明白我们之间的矛盾实际上牵涉到了一些非常严肃的问题。我也讲不清楚，不过我只知道不能够跟你妥协……我们实在不是一点脾气性格上的差异，实在不是。我们有些地方是根本不一样的。我好像明白了这么一点点……"

艾兰抽泣着："我今天也明白了。我知道我们的分居意味着……最后的分离……"

罗宁的手在她光滑的头发上抚动着，摇摇头："不是这样。如果我坚信自己是个无私的、真诚的人，或者坚信自己是在向那个目标前进的人，那我就敢和你生活在一起。我知道我十分爱你。我几天不见就想念你。但我最终会战胜或者消融你身上的另一些东西——那时候，我就会感到一种特殊的幸福……”

艾兰擦着泪花：“也许……你最后会得到那样的一种幸福……”

罗宁从坷垃叔的荷包里捏出一撮烟末来卷了，点上吸了两口，咳嗽起来。他不得不抛了这支喇叭烟。他坐在了坷垃叔的小床上：“我们分开这段时间，有那么多人来‘关心’。‘好心人’可真多。这也说明了好多问题。咱们的事隐隐约约触动了好多人心底的那根弦吧……我们把什么给丢失了，可是我们这一段儿在不停地寻找……”

“我们都在寻找……”

十四

吴楠正在用漂亮的正楷抄写一份材料。材料仍然是关于赵小梅的，题目叫《学习英雄十二唱》，全是歌词。因为这份材料要放到复印机上复印，所以科长特意让有一手好字的吴楠来抄写。此刻吴楠正瞅着歌词句末的几个字发呆："那个呼呀哎咳依……"他想这在演唱时演员根据情况自己处理就行了，完全不用如数添在每句话的末尾。他知道这是李子由做主编的，只得苦笑着照样抄上……也刚好抄到那个"依"字，有人来叫他到处长办公室去一趟。

吴楠进了处长的屋子，见田长浩的朋友——那个司机端坐在那里，有些纳闷。处长几乎和他同时进屋了。吴楠一见那人就想起了那个衣柜大小、啪啦乱响的大音箱了，就笑着打招呼："司机同志！"处长不高兴地纠正："什么'司机同志'，他现在调到我们部行政科当干部了！"

吴楠愣了一下。

处长说："他今天是来跟你们谈一下调换宿舍的事……你们以前不是要求过吗？"

"司机"慢慢拍打着烟灰，嘴角用力收缩着，比上次见他时显得严肃多了。他这样停了一会儿说："我见过你这位同志！……处长跟科里讲了你们的情况，你们自己也有要求嘛，经过研究，也就同意了！"他说着拿出两把钥匙，在桌上摆了个“八”字，“长浩不动；你、秦榛，一个去三号平房，一个去六号平房最东头那间……”吴楠有些吃惊，知道这些平房都是待拆的，又潮湿又窄巴。但他想如果一人一间也是好多了,就问:“一人一间吗？”“一人？”“司机”歪歪脖子：“两人一间。”

吴楠把钥匙往“司机”跟前推一推说：“那我们住原来的好了。”

“司机”又点一支烟，瞧了瞧处长，把钥匙丢给他说：“科里的老规矩，分配房子不服从，以后就再不考虑了……”说着点一下头，晃晃荡荡地走了。

处长摆弄着两把钥匙说：“还是去吧，挤在一块有什么好……”

“我们要求房子是为了好一点，越换越差，傻子才动呢！”

“分配房子不去，这在我们这个大机关还没有先例……”处长站了起来。

“让我们好几个人挤在五层楼上的一间小屋里，我们要求换，就把我们赶到湿乎乎的小平房里！还张口闭口大机关，小机关也不过如此吧！……”吴楠有些生气了。

处长坐下来，将手护住下巴，身子有些前倾地盯住吴楠。他这样一直盯着，目光严肃而锐利。处长不常使用这个姿势（或称为“方法”）。他每逢遇到了不太驯服、又是不太好对付的人，才使出这样子，一动不动地盯住。到最后，总是对方有些慌促地退步，软下来——而他就在这时猛然提高嗓门，大声呵斥，把对方彻底打败，完全地制伏……现在，他就这样一动不动地盯住吴楠了。

吴楠开始并未在意，后来突然觉出对方长时间没有声息，抬头一望，见他正做出这种样子来！吴楠心里一阵好笑，表面上却不动声色。他想看看处长这样下去还会怎样？他于是仍像一无所察似的把手抄在裤袋里，继续用一种烦躁、埋怨的声音咕哝下去：

“大机关又怎么了？大机关的人也还是那么高的个子，也没有因为是大机关就变小了。大机关不过是楼高罢了，大机关也不一定什么都要大，官架子就不一定要大……”

处长见对方仍无异常反应，还咕咕哝哝，不由得就有些丧气。但他并未改换姿势，而是重新校正了姿势：他将右手先做成一个八字，然后才护住下巴；他的胸脯往前探去，身子使劲地贴压在桌边上；目光炯炯，除了严肃，还有威慑……他死死盯住吴楠。他记得小时候玩过那种把戏：用一个老花镜照地上的蚂蚁，焦距一拉开，地上的白光点儿就变小了。蚂蚁被聚焦的老花镜烫得乱跑。他只是对准了它，又一拉开，聚焦，小蚂蚁就一阵痉挛，团成一个小圆球倒下了……他心里哼哼笑着，他想此刻对着吴楠，就多少有点玩老花镜的意味。不过令人气愤的是他一再拉开，聚焦，吴楠还是泰然地在屋里活动，咕咕哝哝……他终于支持不住，咳嗽了一声，揉了揉眼睛。

"我问你，"吴楠用手指了他一下，向前走了一步，"你跟他们行政科是怎么讲的？"

"我？……"处长要说话，就不得不将八字形的手从下巴上取下来，"我讲，这是处里研究了的，这是有利于工作的……"

吴楠又往前走一步："那我倒想问一句，我们三个人住一屋有什么不利于工作的地方？”

“不利地方很多的。”

“讲讲吧。”

“不讲你也明白。”

“我不明白。”

“……”

处长刚要张嘴，休息的电铃响了。吴楠说：“休息以后谈吧。你反正得讲讲吧？……”说着跨出了办公室。

楼下，已经有几个青年抱着排球在那儿等人了。还真有动作快的，吴楠想……秦榛，田长浩，都一扭一扭地跑下来了。

迅速开球！秦榛和田长浩都在网的一边，吴楠也就跑到了另一边。吴楠这边有一个络腮胡子会发一种打旋的球，让对面的秦榛接飞了两次。秦榛喊着：“小拳打得还真棒！”……场边上围了好多人，不断哄笑。李子由每一场球都来看，但从不上场。有一次被田长浩硬拉到了场子上，打了没有几分钟就说脚疼。他的球技不适合上场。后来他当裁判了。他当裁判不怎么公平，吴楠的一边常要吃亏。……吴楠把一个球往田长浩身左一扣，说：“要让我们拆开住了！”田长浩垫起球来：“秦榛，他们又玩把戏了！”“什么把戏？”秦榛把球挑过了网。“就是这把戏！”吴楠又把球挑过去，成功！

可是李子由的哨子响了。他说：“触网！”

……上班时间到了。秦榛和长浩跟着吴楠一块儿进了处长的办公室。吴楠说：“都来了。都想听听领导的话。”

秦榛把球放到处长桌上。处长抹一抹桌子，球给抹到了地板上。处长说：“都来听听也好。”

处长坐下来，点燃一支烟，慢悠悠的。他看了秦榛和长浩一眼，然后说：“你们这一级大学生，分配到我们这个大机关的也就你们仨了？”

“仨。”长浩说。

“很好嘛！以前毕业的学生哪能来？你们应该感谢三中全会以后的路线。”

“以前都从哪进入？”秦榛正一下眼镜，不解地问。

“从工人和知青中。也有从下面干部中选来的，比如李子由同志，就是从公社一个干事一下升上来的……你们可要珍惜这么好的工作条件噢。不要吃学历的老本。老同志干革命哪有条件学习？……”

吴楠打断他的话："我们住一个屋子有哪些不利于工作的地方？"

处长揉着烟,越揉越快。后来他愤愤地扔了烟蒂，问："有人到你们宿舍玩，你们说赵小梅没有讲过那个'宁可少活二十年，也要提前翻两番'，是她舅舅讲的。有这事吧？"

"有这事。"吴楠说。

"你们知道这是什么性质吗？"

秦榛说:"实事求是的性质。就是她舅舅讲的嘛！当着市委书记的面我也敢讲。"

处长的脸色又变青了。

田长浩附和着："是这样，是这样的。"

处长在屋里走动起来，声色俱厉地说："你们几个眼里哪有什么领导？你们缺乏起码的训练！老同志你们背后可以随便骂——那天李副处长去看望你们，你们骂起了艾部长！竟然……"

吴楠说："我们哪能骂罗宁的岳父？造谣也不会造！"

秦榛和长浩这时出去了，一会儿就把李子由叫了来。长浩指着李子由说："你告诉处长我们怎么骂的艾部长？"

"你们说艾部长没有素质！"李子由冷冷地说。

"什么'素质'？"吴楠追问了一句。

"你们说没有素质！"李子由重复道。

田长浩慢悠悠地说："我记得是你说艾部长没有水平，处长也是大老粗……你说他们都不属于改革的时代。我们和你辩论，我们不同意你的分析……"

"胡说八道！这真是……他妈的……"李子由快要气得蹦起来了，异常愤怒地用手指着长浩，眼睛看着处长。

吴楠差点被长浩的幽默逗笑，但他忍住了，严肃地对李子由说："请你不要骂人。"

"我、我……"李子由气坏了，有些口吃。

处长让李子由回他的办公室。李子由走了。一会儿，罗宁来了。

罗宁看着处长说：“处长，我认为你把他们三个拆开住太没有必要。你如果为他们争取到更好的房子，那就对了。要不，就是为了硬拆开三个人。我没见他们一块儿商量过做什么坏事。他们有缺点，可他们真诚，对工作充满热情。这样的人在一块儿哪有什么可怕的？相反，倒是那些又愚昧又自私的人在一块儿让人怕……是这样吧？”

处长摆着手：“不行。他们再也不能住在一块了，这不行。这是行政部门定了的，搬也得搬，不搬也得搬。还有，他们的工作汇报一直没有交上来。这样不行。令行禁止，我们这样的大机关……这是两把钥匙！”

处长“啪”的一声把钥匙放在桌子上。那当然是两把钥匙。

十五

这个夜晚闷极了。开了窗户，没有一点风。天上没有太多的云，但闷极了。没准儿在孕育一场雨。

坷垃叔躺下又起来，盘着腿吸烟。电灯闭了，屋里那个火绳的红点儿十分醒目。大家都不约而同地看着它在黑影里那一点红亮，都不说话。

艾棵火绳的味道真香啊。有了它，就没有蚊子了。罗宁想，就是坷垃叔走了，我也要去采些艾棵回来……

秦榛在床上翻了个身，咕哝说："到底搬不搬呢？"

吴楠在黑影里送来一句："你也愿费那个脑子！"

"搬家、思想工作汇报，鄙人都不予考虑……逼急了，我找个地方教我的书去；再不成，我也买那么个东西，满街吆喝：'五分钱一看'……"田长浩说。

他的话使大家都笑了，但笑过之后又沉默了。吴楠问长浩有烟吗？长浩抛给他一支。他点燃了，自言自语似的说了："……人这一辈子多少也是个谜。人就不一定做什么，有时就差那么一点点，一切都全部改变。"

"你说得真不错。"长浩在一边赞同。

"比如我如果那一次见到她——那个中学教师，

我就会要求分配到那个县去教书了。我这一辈子忙忙碌碌，可也会挺幸福的。我愿意一切都抛弃了，换回个她……”

“换不回了。”长浩说。

“我也这样想。不过我在心里闷了一个念头。我想老校长不在了的时候，我还会去找她。我一见面就会问她：你那一天哪去了？胆小鬼啊，你这一躲不要紧，我寻找了你一辈子……一辈子，知道吗？最后你躲到老校长背后去了，我还在到处寻找……”

吴楠的嗓子颤颤的，最后终于不说了。

罗宁心里为吴楠难过。他很想走过去，在他的耳边上说点什么安慰他。但他还是忍住了。他想人哪，这么多，这么多，都带着各自的那么一点痛苦和欢乐生活着。人人都不容易啊，人人都需要理解和安慰，需要温暖和同情。理解别人是很难的，很难很难——难就难在不愿去理解……他由此又想起了他的艾兰。他感到心里一阵温暖。此刻的艾兰在想些什么呢？她是不是回忆起初恋的那些日子了呢？是的，人都应该回忆那些时刻，并时时模仿那样一种宽容的、原谅的、勇敢的、洁净的心境。她的缺点仅属于她自己吗？难道就不是她的不幸吗？我们的生活有什么理由不给予她更好一些的东西？她那么美丽，那么美丽，她很早就尝试着劳动和创造了，可是……罗宁的双眼有些湿润了，心怦怦跳动。我的爱人，我的亲姊妹，你使我幸福过，你温柔过并且永远温柔着我的心，我怎么能那么鲁莽和笨拙！我多么没有力量，多么脆弱。我还缺乏一种男人的心胸……

“罗班长睡着了。”秦榛在床上喊。

罗宁听出秦榛的声音那么漂亮。他想只有热恋中的年轻人才有这样的声音：热烈、浑厚而又富有感染力。罗宁没有吱声。

“他倒睡得着，”长浩哼了一声，“处长和李子由拿他都没有办法。排球场的事他站出来了，处长他们也做不出文章。”

吴楠笑笑：“处长可以在我们身上做文章。那个人的脑瓜不会闲着。”

田长浩长长叹了一口气：“怎么活该让我们遇上这么个领导！如果他是‘三种人’就好了，那样他就干不成了。可惜他又不是‘三种人’……晦气。”

罗宁想这个长浩可真会假设事情。田二爷确实透着一种朴实的幽默。

“我琢磨，”秦榛又说了，“该让罗班长找找部长了。不找部长不好办。一点不好办。部长光听一面之词，还不知想些什么哩！”

罗宁点点头。他早就想和老岳父交谈一次。他也怕老人因为艾兰的事情误解了他——老人从一开始就关心这个事，老是要打听他……当然，他要跟老人谈的，似乎还远远不止这一切。他更着急的还有坷垃叔的事情，他不得不求助于老部长了——让“大机关”上的一个老人帮帮芦青河边上的一个老人吧，让老人帮帮老人吧！……

田长浩从床上坐起来，说：“我去把罗宁捅起来……小拳打得还真棒……”

罗宁赶忙说：“你躺着吧！”

长浩哈哈笑着，躺下了。

坷垃叔也不知什么时候睡着了，发出了轻轻的鼾声……屋里很静。天比刚才还要闷热。看来雨是更挨近了。

吴楠说："刚才的话你都听见了。我们说你该去找找艾部长。"

罗宁说他一定去。

秦榛接上骂起了李子由，说这个家伙真是个伪君子，这个家伙大概就是靠告黑状上去的，如果昨天不揭露他也就太便宜了。田长浩补充说，李子由无才无德,但他装得"稳重和蔼""大致严肃",再加上"常擦走廊"……吴楠连连说总结得好，科举取士不好，这样取士也不好吧。接着他们又谈起学历问题。长浩说处长他们别没有个数了！机关上一般人弄个学历得苦读多少年，而他们由市里的一个大学包下来函授，轻轻松松就把学历拿到手了——这年头学历好使了，他们就想巧法儿捣鼓那东西了……议论了一会儿几个人都烦了，都说这不是咱管的事情，咱看不上眼可以去"五分钱一看"，可以打打球下下围棋。说到下围棋吴楠来了情绪，说：

"那可是个好东西！罗宁啊，闲下来我们可要学学下围棋！"

罗宁的思绪还停留在刚才他们议论的问题上，并未听见吴楠最后一句话。吴楠继续嚷：

“一个老头儿一个小孩儿，小孩只穿了件长衣服。我们晚上坐在一棵老槐树底下下棋。那么一片白子黑子——‘过分！’‘过分！’……我一寻思起来就有些出神。咱们也学学下围棋吧……”

窗扇的玻璃上又闪起了红光。呜哇呜哇的音乐声从窗户飘进来。人流的喧嚷，车辆的轰鸣……罗宁很想去关上窗户，可又嫌太闷热。他想这可真让人受不了。他记起有一次去西郊登山，登上山巅时也正好是太阳初升的时候。大家欢呼着，快看太阳，看山脚下的这座亲爱的城市吧。可大家慢慢地都不吱声了。我们这座城市在一片尘埃和黑色烟雾的笼罩下，街道上，大清早就挤满了人，看上去要走路、要畅快地吸一口空气可真难啊……生活应该改变。生活像这个样子不行吧。哪些地方出了毛病？反正总觉得照这样子生活下去不太合情理……

吴楠这会儿叫着长浩，问起了那个司机的事儿——他来给我们调房子，他怎么就不当司机了？

长浩说："因为他门路广，就调他来搞行政了……别再问他了。我这个朋友太可恨！"

"怎么了？"

"他走后门，给他的小舅子弄了张驾驶证。前几天他小舅子一下轧死了两个小男孩儿，还轧伤了一个。轧了以后司机就开车跑了，第二天才被逮捕。他现在正忙着走后门放他小舅子呢……"

三个儿童在血泊里挣扎，而开车的却驾车跑了——真想象不出这个人有多么残忍！大家惊讶得一时说不出话来……"我那个朋友、他的小舅子，还有发驾驶证的那个人，都该枪毙！"

大家久久地沉默着。

再也没人吱声了……真闷热啊，窗扇玻璃上的红光血红血红，跳动着，像脉搏。

这一夜他们还怎么能睡得着呢？

吴楠一个人在黑影里轻轻吟哦着什么。他反反复复吟哦着。

十六

这座美丽的小独院儿罗宁是熟悉的，因为这是老岳父的住宅。他过去常来这儿，他喜欢满院的丁香。夏天，丁香不开花儿，可也给小院儿留下一片片可爱的绿荫。岳母刚刚四十多岁，就在家料理家务了。她为了舒适，爱穿宽宽的衣裤。她的衣服常是新鲜颜色的，她的条纹肥裤那么柔软。勤于保养，一张胖胖的脸上总是泛着红润。她的宽宽肥肥的衣服在丁香树丛中拂动着，使人觉得这小院温馨而又安逸。她很喜欢罗宁。罗宁这一段不来了，她觉得小院里空了很多很多。

现在罗宁就坐在院里的一个藤椅上。艾部长坐在另一个藤椅上。他们的中间是一个石桌儿。她笑眯眯地看着罗宁，递给他一片西瓜。

岳父是个瘦削的、中等个子的人。因为瘦削，就显得比本来的个子要高一些。他喜欢沉默，脸上难得显出一丝笑意。他的头发全白了。这时罗宁吃完一片西瓜，他又把一片往前推了推。罗宁觉得他比前一段时间更瘦了。

“你不回来，兰子也不回来……倒好像不是你们俩分开了，而是你们跟我们老两口分开了似的……”岳母两只手搭在一块儿，说着。她的语气里没有多少埋怨，倒是透着一种兴奋和欢喜。

“我们……”罗宁嗫嚅着，但没有说下去。

“我也不出门，我听不见人家说什么。有事儿也不好这样啊，看人家笑话……”岳母说着，把罗宁肩膀上的一块灰印儿拂了去。

艾部长看着罗宁，说：“从你们分开住以后，我也很少见到兰子了。问她，她也不愿多说。有时做父亲的很难明白孩子们的事情。我只能劝你们自重、自爱。我没有权力多说什么。你们要分开，大概总会有你们的道理。你们知道我这么大年纪了，最不希望出这样的事情。可这只不过是希望而已……”

老人的声音很低，说得很慢，说着说着常要停下来。他搓动着干燥的两手，看着年轻的老伴。

罗宁说："我本来应该多来几次。可是这一段我为老家来的一个老伯伯跑事情，还要上班，就空不出时间了……"

"什么事情？"艾部长挺起腰来，注意地看着罗宁。

罗宁就讲了坷垃叔，讲了他怎样步行一千多里来到这座城市，而这座城市不明白他，不明白他的"黄沙"……罗宁说他曾要求有关部门给坷垃叔所在县发一个函——但他的要求一再遭到拒绝。

艾部长拄着拐杖，不安地站了起来。他又问一句："步行走来的？"

"步行走来的。他背着一大包锅饼，走到城里已经快吃完了……"

"锅饼！"艾部长自语着，又抬头看一眼妻子，他问，"你吃过锅饼吗？"

妻子笑眯眯的，说："吃过，一包瓤儿……"

艾部长摇摇头。他看着密匝匝的丁香树，点点头："打仗的时候，老百姓把锅饼烙好给八路军，他们自己吃糠团子……锅饼很硬，不容易变味儿……"

老人拄着拐杖，在院子里踯躅着，弯下腰咳着……妻子过去扶他，他推开她，重新挺直了身子。停了一会儿，他咚咚地用拐杖捣着地，进屋去了。

屋里很快传出了打电话的声音。

岳母对罗宁说："他夜间休息不好，半夜里常要坐起来咳。他气管有毛病，好几年没犯了……"

艾部长从屋里走出来，脸色有些发红。老人的样子比刚才要激动，左边的手有些抖。他坐到藤椅上喘息着，好长时间才平静下来。"一千多里走来了，不会没有冤屈。我们又不是带什么框子，我们不就是要求给那个县发个函嘛！嫌讲不清楚！哑巴来告状，共产党也要管！……"他说着，声音突然高起来。

罗宁给老人倒了一杯水。老人端坐在椅子上。喘息了一会儿，他告诉罗宁：他刚才给"信访办"的领导打了电话，对方支支吾吾，他就把电话挂死了，直接给老战友——纪委书记通了个电话……今天他们就发函，纪委并要求县纪委限期汇报调查处理结果。

罗宁感激地看着岳父。艾部长说如果坷垃叔不走的话，他要抽空儿去看看老人家……艾部长说罗宁能招待乡下来的老伯伯住这么多天，并到处为之奔波，很不简单哪。不能小看这件事，能这样做的人，在我们机关干部中，比如在我们部里的同志中，能有很多吗？老人说他实在没有把握……

接上去老人又询问了他们几个年轻人的工作情况。这正好有机会让罗宁谈了处长跟几个新来大学生一年来的矛盾，谈了他对处里一些事情的看法，特别谈到了关于赵小梅宣传失实的问题……

老人说有些事情是后悔莫及的。当很多事情明白了以后，又发现积重难返了。比如环境污染问题……说到这里他又有些激动了，用拐杖指着一边说："看看这个小院子，这么多丁香！屋子里也不错，冰箱啊，空调啊。可惜这只是个小环境。这能使我们根本逃离污染吗？比如水、空气，还不是一样吗？有时这种小环境只能使我们发生误解，使我们松懈！别的事情也是一个道理。我们领导身边围了几个听话的干部，他们阿谀奉承，也会给我们制造个小环境，使我们感觉良好，忘掉其他地方仍然无纪律、无秩序和低效率！……”

罗宁钦佩地望着老人。他觉得老人还是思路清晰的，具有洞察力的。

老人呷着茶，声音慢慢变得低缓了，“……部里的事情我有很大责任。有些事情我应该知道。我知道给几个青年换房子的事、他们跟处长吵架的事，甚至知道，几个青年在宿舍里对我和我们家庭素质的分析……”他说到这儿看了一边的妻子一眼，“年轻人的分析很好噢，他们倒够爽快！不过就凭这个，我也敢断定他们会使很多人不舒服，很多人不会欢迎他们……一个领导的力量有时显得很大，可实际上很可怜，他甚至对自己的孩子也无能为力……有些东西已经淤积得很厚，这就靠大家，靠几代人的顽强斗争。说实话,我最怕的倒是你们年轻人很快就妥协了，就没有锋芒，没有锐气了。这是我最怕的……”

罗宁注视着老人。他看到老人也在看着他。他觉得老人的一双眼睛是年轻的。

“我寄希望于改革。我不能说不忧虑，可我更多希望。一阵风吹来，沉淀在底下的东西又会泛起来，可也只有让这风吹得更强劲些，才会把那些东西彻底扫光！不改革没有出路啊，不好好改革也没有出路……我从你们身上也看到了信心。我知道你们还幼稚，也有很多缺点，可我感谢你们，感谢你们……”

老人站起来了，默默地把手搭在了罗宁的肩头上。

罗宁仍然注视着老人的那双眼睛……

“你让同宿舍的几个年轻人找你爸玩吧！让他们常上咱家……”岳母欢喜地说。

罗宁点点头。他想会的，会的，起码以后他们之中的一个，比如秦榛，会来的！……

这时候门响了一下，原来是那个小体操队员归来了。她喊一声“宁哥！”蹦跳着围过来。她顽皮地看着母亲和父亲，把个漂亮的塑料筒子包“砰”一声搁到了石桌上。

她真像个男孩儿。可她快二十岁了。用什么办法才能使一个二十岁的姑娘纯洁单纯如同一个小男孩儿？不知道。也许提前给她把头发削短是个好办法吧？……

她这会儿到屋里换了双拖鞋。拖鞋有些大了，穿在脚上像小船儿。她拖拖拉拉地走着，不停地说这说那。母亲认为两个男人的谈话是非常重要的，怕耽搁他们，就领她到院角去整那些花草了。

罗宁端起杯来，慢慢地喝着。他想，老岳父实在是老了，一年，顶多两年，也许就该离休了……

丁香树间传来她们的说话声，那个“小男孩儿”咕咕哝哝的，一边说一边笑。

罗宁喊了她一声。

一九八五年七月写于郯城

附：

经历粗粝的生活

到现在还是没有读

前年在香港一个大学讲课。有一天做班访，需要先讲一点。那一天没有事先沟通，一进门，看到讲台上的大标题为“谈谈张爱玲”。题目已经写在那里了，可是张爱玲的作品一个字也没看，没有读过。可能他们觉得这个班访不是一个正式的演讲，也不是上课，只随便出一个题目就可以。还有，他们觉得任何作家对张爱玲都是熟悉的。因为港台这里说的最多的现代作家就是张爱玲，几乎成为最重要的一位了。所以当跟大家很坦率地讲没有读过张爱玲时，下面马上发出一片“哇”。在大陆这里就不会是这样，没有读过张爱玲也很正常。

就阅读来说，有那么多作品和作家供选择，所以很多人不一定读过某个作家。不过张爱玲在大学里读者很多。可见在这个年龄段，她的影响还是很大的。没读张爱玲是一个缺憾，不是一个优点。当时就想，回去一定拿出专门时间仔细读一遍。可是回到大陆以后，到现在还是没有读，每天庸庸碌碌地忙下去。这些事情都比读张爱玲重要？也不见得。为什么会这样？这个年龄段的许多作家对读张爱玲不觉得那么迫切。

有一种很神秘的射线

写作生涯快四十年了，一个重要的现代作家没有读，这是不可原谅的缺失。读书不太重视舆论和潮流，只凭个人感觉：哪个作家有可能是重要的、急需的，一定会马上去读；大街上怎么谈论，可以不放心上。

这可能是代沟问题。

一位好朋友对一个武侠作家熟得不得了，全部作品都读过，说那是一个大师。根据朋友的推荐，几部最好的都找来放在书架上，可到现在为止还是一个字也没看。生命很神秘，汉语文字符号是保存这神秘的一种，哪怕印得拙劣，摆在那里仍然有一种召唤力，一种很神秘的射线会投放出来——跟人做灵魂的沟通，暗暗发生作用，它看不见，但的确有。有些书总也不读，可能是灵魂不搭界的事。

有的书别人没有讲过，或者只在哪个地方看到几句介绍，但一下就能感到它是重要的，马上就去阅读。写作者的敏感是很神秘的——有时候面对用力推销的强调，就是产生不了一点吸引力。没读就没有发言权，根本不是说好或不好。比如前几天在文摘杂志上看到一本书出版的消息，就是E.B.怀特的《人各有异》，马上找了会网购的人买了一本。书到后什么也没干，一口气把二十多万字都读过了。这本散文集里最好的一篇还是他的代表作《重返缅湖》，就写那个咸水湖，他带着孩子到湖边去玩，玩的过程中想起自己像孩子这么大的时候，父亲带他来这里玩的情景：划船时，某些动作真像当年的父亲，还有湖的景色，全都一样。这篇文章妙极了。这本书让人印象深刻的也就是五六篇。

人对汉字这个符号敏感，有时就是几个字、一句话，就可以知道它的重要，就一定要读。有时候一本书放在那儿，还没有看，与它的关系就结束了——总认为可能有一天会读，但那是以后的事了。书和人的关系真是奇特。

有时候就像家族密码

桌子上有一本杂志，大学社科版的学报，翻了一下，许多题目真是烦琐和晦涩，读起来别扭极了。这些研究可能生僻了点——不过研究什么、要说什么，在题目上直接写出来即可，为什么会这样？很可能作者与语言的朴素而敏感的关系还没有建立，所以不得不借助其他。实际上最朴素的才最有力量，最简洁的才最有力量。文章的华美与深刻，是从内部泛出来的，而不是外在的一点装饰。这些题目说不通又通，可能都是翻译过来的外语的对应，这个对应又很难找到合适的字和词,所以很生硬。如果它造得好，就会在汉语言里得到承认，这个词汇就会慢慢入土，扎根和成熟，然后其内涵外延，整个边界就清楚了，算是活了，可以用了。大家都知道统一度量衡的道理，如果对方的一两不知等于我们多少分量，彼此怎么交换？词汇正是这样，要等待它成熟之后才可以广泛使用。如果这个词还是生僻的似是而非的，只是与洋文硬性对应，我们还是没法用。一些词用了二十年也不会成熟，因为它从诞生之初就有问题。作家韩少功在翻译《生命中不能承受之轻》时创造了一个词，叫“媚俗”。这个词大家一看就理解，知道它的边界在哪里、包含的意思是什么。有的词汇是在很小的范围内流通的，像什么“能指”“所指”“解构”“建构”“波谱”“除魅”等,都不太好使。“文本”这个词我们常常用，但大多数时候是不必的，说“回到文本”，和“回到作品”没什么区别。尽可能把一些似是而非的东西去掉，表达才会更有力量。大学教育有时候就像家族密码一样，要传下来，就要依据家族谱系。比如西方的某类文学理论教育，一定是先告诉批评的方法，而不是怎样欣赏和阅读作品。先掌握秘宗，而后再论其他。这样就一定会将作品放在方法的框子里，整个工作也就与作品无关了——建立在这样的前提之下，其学术价值肯定是怪异的。

直接讲明白就好了

一个孩子非常可爱，长得白白胖胖浓眉大眼。他在高中的时候谈文学作品，悟性极高也极敏感，会把最有价值的部分一下抓住。他抓住了作品美的本质，即便他人没有看过这个作品，经他的语言表述也会受到打动和感染。这种能力是天生的，还没有被学术伤害。但是后来他考了一个有名的学校，大学放假回来再谈文学，视野开阔了，知道的作家作品的名字也多了，只是再也不像过去那么靠谱了。能有这样一个过程，将来也许会变得更好。当他本科读完了再回来谈作品，就更隔了。当顺利地读完了研究生，两三年下来之后，也就只剩下满口的怪词了，“能指”“所指”一样不缺。这个孩子基本上毁掉了。其实无论拥有多么高深的知识，还是要贴着作品走，它必须建立在对作品的感动和欣赏之上。学校的环境强大，它的整个氛围、包括空气里都是那样的一种东西，无处不在地教导人，形成一种改变的力量。几年后在欧洲的一个学术场合又一次见到这个孩子，已经是海外就读的博士了，而且再次找到了名师。当然要谈文学，结果发现一切更糟，几乎没有几句话可以听得懂。怪极了，虽然他说的是汉语，但字和词组合起来就不懂了，什么“空间的转向”，“向度总体性视域”。这孩子学问大了。那会儿尽管因为自己的无知而惶惑，但有一点还是清楚的:他在胡说八道。

家里人为这个孩子花了这么多的钱，代价多大，从小学、初中再上高中，从中国到外国，该是多么好的一条学习道路。最后成了这样：白白胖胖，戴着眼镜。跟过去不同的是，眼镜腿由一条黑色的尼龙带子连起来，像耳麦的连线。尽管如此，还是有些惋惜。他这一辈子都回不来了,已经踏上了一条不归路。将来他会是学贯中西的学者，是来往于中外的文学教授。

我们谈作品，不妨采用更朴素好懂的语言。“空间转向”，“二度归范视域场态”，这到底要说什么？当然，我们不能狭隘地看待学术研究，因为它的道路是宽广的，方向是多重的，纵横交错的学术之路任人选择，可以有自己的偏好、自己的方向。西方的体系可以借鉴和学习，解剖逻辑实证这种功夫和传统绝对有用，对于中国艺术的感性把握，散点透视等会起到补充的作用,是另一条道路。中外的这种不同，就像中医和西医一样，不能肯定一方而完全否认另一方。但这里有一个前提，就是要质朴求实，要建立在对象的把握之上。不能因为采取了西医的办法，就完全忽视了人的存在，因为一切方法都是为人服务的，说到底还是为了诊疗。

一个东方人把西方的那一套办法全拿过来，要花双倍的力气而不是省却力气。不能为了省力就搬弄一些古怪的词藻，最后把大事耽误。不要说做研究生，将来做了老师成为很有学问很有影响的学术人物，也是一样的道理。现在报刊上不停地发表的某些文章，拿来翻一下题目，头都发蒙。随便抓一本大学的学报，其中都有不少题目让人不懂——尽管在说一个很简单的道理。

内在的神秘力量

作品和作品不能取代，因为一个生命在不断演化，演化的过程中有一部分增加了，比如说社会经验、生活的各种复杂性——阅历增长了，这些方面也会增强。但是那种青春的勇气，那种冲决力有时候会减弱。年轻人什么都不怕。人老了以后有他的长处，经验多了人也复杂了。他的思想可以变得更深刻；但是就文学而言，单纯本身也是深不见底的，而不只是“思想”才深刻。单纯和勇气，这些都可以成为艺术深度。作家年轻的时候写了很多短篇，后来为什么短篇写得越来越少？因为短篇更需要生命的那种凝聚力，要凝成一个点。这时候生命的饱满度要强，就像短跑一样，要求人的身体在短时间内集聚的能量更大、冲刺力更强。它讲究的是速度，整个人的骨骼、肌肉在一瞬间发挥到功能的最高点。心脏、血管、神经系统，都要好，这才能短跑。短篇对于作家来说就像一场短跑。有人不重视短篇是不对的。真正懂文学的人是重视短篇的。所以如果一个作家很成熟了还在不停地发表短篇，这个作家的状态一定是好的。仅仅解释说因为长篇计划多了才很少写短篇，因为思维越来越开阔、计划越来越庞大才不写短篇，内行人是不会信服的。作家自己知道为什么，这就是心力很难像过去一样凝聚了。这不是体力，是心力。心力和体力不是同一股力，虽然它们之间也有关系。

写作将近四十年，经验在增多，但是心力也会减弱。谈到过去的作品，从技术层面看它很不纯熟，远不如后来。但是为什么动人？因为这是青春的热血，真诚和质朴的力量。质朴是最有力量的。但是从另一方面讲，每个年龄段都有不可替代的一些东西出现。刚才说有的作品名声很大，是不是因为作为一个文学现象很突出？是的，从传播学的角度来讲，很大的体量本身就引人注意，这是第一；第二，出版者为了推销作品，一定会抓住一些特征去营销。但无论如何有一点是肯定的：作为一个有经验有抱负、有志向的写作者，对自己的文字是非常珍惜的。浅薄的文字在自己这里不会过关，他不会容许空荡无物。阅读这样的作品要比阅读简短的文字需要更大的把握力，也是更大的挑战——不是因为长，而是包含了更多的人生经验、艺术经验，还有诸多的技法、全部艺术和思想的复杂性。这就需要相应的接受力。这一切使阅读和判断变得更复杂了。它包含的生命密码、人生秘密更多。它不再是以单纯的勇气去打动读者，还有人生的经验，有各种矛盾纵横交集所形成的繁复。这些需要细细体味。

这里举一个例子来讲——托马斯·曼在二十多岁时写了一本书叫《布登勃洛克一家》，是成名作。直到老年，人们提到最多的还是《布登勃洛克一家》。那是上下卷，写得单纯而大气，思维清晰，极有震撼力。到后来，他的人生经验、艺术经验越来越多，到了真正的成熟之期,又写了一部《魔山》,也是代表作。许多人觉得它失去了《布登勃洛克一家》那种完美和力量,没有那么感人了。但是另一些方面却在加强，比如更为厚实的人生经验、对于人生和人性最复杂的呈现和把握，显然超过了《布登勃洛克一家》。

一个成熟的读者会知道，我们常常被好作品打动，但是作品的价值却不仅以是否打动人为标准。它有许多标准，许多实现价值的途径和方法。比如说它的认识价值、思想价值——这些元素有时候可以打动人，有时候也可能不打动人，但都是重要的。有些篇章是打动人的，有些部分是侧重送给思想、展现生活和人性的那种曲折复杂，给人一种综合的力量。它包含的东西实在是烦琐的，它承担的功能也不像以前那样相对简单了。但是无论如何，打动人肯定是一个极重要的指标——从这里看，打动的方式和途径肯定会有不同。比做一个琴师，上了年纪弹奏的方式也就改变了。一把琴有不同的弦,从细线、中弦到粗弦。如果说青春年少，他更愿意弹拨那种清脆动人的、很细的弦;到了中年，他常弹的是中弦，共鸣增强了——尽管不再那么脆生悦耳，但毕竟厚重了许多；年纪更大时，他就要弹起那根粗弦，行内人叫“老弦”——弹起来要发出“嗡咚嗡咚”的声音，不太圆润入耳，也不脆生，甚至还觉得有点粗糙——如果退远一点听，它震动的是心底深处。

像一部长长的作品，作者把握起来就绝非简单。比作弹琴,它就像白居易写的《琵琶行》一样,什么“大弦小弦错杂弹”“大珠小珠落玉盘”。这是不同的弦都在弹了。年轻的时候，第一批短篇，主要弹那种小弦。今天却要常常弹到那根大弦，交错弹。听者和读者的感受也会随着年龄的增长而变化。阅读经验增加之后，会觉得面对的艺术问题变得复杂了。我们曾强调要“不带成见地阅读”，说的就是把自己放空。比如一开始阅读，对一部作品会抱了一个企望，一个感受方向，读下来如果不符合这企图和方向，就会排斥——这就叫有成见的阅读。放空的意思就是从零开始，以便公允地品评作品，均衡地吸纳。举个例子讲，有人很喜欢那种精致的作品，语言精致、结构巧妙。这有点像欣赏台北故宫里那个“翠玉白菜”——故宫里很多藏品，常常更换，但有一些藏品是永远摆在那儿的。“翠玉白菜”是玉雕，白菜上有一个蝈蝈，菜叶碧绿，是根据那个玉石原来的纹理色泽雕出的，蝈蝈的翅膀、菜叶都纤毫不差。那是玲珑剔透的一件珍品了，是台北故宫博物院里最重要的馆藏。这让我们知道，有一些艺术就是一个精品，它靠的是逼真巧妙精美，可以把玩。但这只是一种美。如果用这个美的标准去衡量长城会怎样？长城那么粗糙那么大，有什么好？不过是砖，一块块垛起来，成一道大墙——但是如果换一个标准，就会感受它的宏伟气魄，并领略它凝聚的那种巨大劳动、表现出来的生命勇气——沿着山脉蜿蜒万里。美是不能够相互取代的，没法简单类比。如果用欣赏长城的那个成见去看“翠玉白菜”，或者反过来，结论都会有问题。刚才讲的是艺术的两极，两极不能颠倒。那么介于这两极之间的，又该有多少不同的趣味和倾向？所以看作品要把自己放空，不带任何成见，这样才能看出不同的美，才会客观地对待一部作品。

把自己放空的意思就是不带成见，不把原有的成见挪到另一部作品里去。因为我们许多人会自觉不自觉地带着原有的标准去欣赏作品，以相对固定的思维去看那些千变万化的作品——一旦不适应这个变化，就会产生排斥的心理——牢牢记住了过去的好、曾经的好，忘记了美有时候也会是陌生的。一个作家，特别是一个优秀的作家，如果写得时间长了，就会有很多变化，因为没有变化也就停止了，死亡了。没有比写作者、比文学家面临了更多的困难——跟画家相比，齐白石可以画无数的虾而不受指责；画梅花的，一生可以画出很多。但作家不能这样，他们写过一个情节就不能重复，写过一个人物也不能重复，采取了一种结构方式同样要绕开。而且不仅是对自己的作品如此，别人用过的一个结构一个人物一种主题，甚至是一种语言倾向，也要尽量回避。这样越写道路就越窄，所以才说是极困难的一种工作。任何一个作家写了十来年之后，不要说二十年三十年，如果还能够保持一种向上的、不停探索的均衡步伐，就是非常了不起的。所以大家也就理解了，为什么作家是“各领风骚三五年”——不是他们没有本事，而是创作太困难了，不光需要作家有先天的才华，还需要良好的学养，有一个特异的灵魂。最重要的是，他要有丰富的人生经历，要经历很多——一个作家再有才华，上帝不给他条件，让他从小生活在一个温室般的环境里，会有多少东西可写？如果一个人的才华是二流的，经历是一流的，而且勤于学习，也许还能保持一个比较均衡可观的创作量，起码不至于死亡——是事业的死亡，不是生命的死亡；反过来说，一个作家是一流的才华，但没有经历曲折的生活，那也会腹中无故事——他自己知道问题出在哪里,但没有办法克服。创作是这么艰难的事情，学术研究则要好得多——它虽然也需要阅历的帮助，但有时并不是最关键的。只要有先天的感悟力，勤奋地在学术修养诸方面加以吸纳，就可以使自己的工作不停地进行下去，不存在生活储备用尽的尴尬。

学术或许不那么依赖情感，而写作者却十分依赖情感。就像一个水电站一样，没有水差和压力，就发不出强大的电流。作家常常是一个牵挂很多、很有压抑感的人。大部分优秀作品是那些愤愤不平者写出来的，他们站在弱者、被压迫者一边，自己就是一个被压迫者。也许从外部看他们的生活没有什么，但因为灵魂特异，牵挂太多，要求太高，生活离其理想总是很远。我们较少看到一个洋洋得意的写作者能够写出什么好作品。作品的巨大张力来自一种反抗力，它会通过语言，通过每一个标点流泻出来。

一部作品，令人感动是重要的条件，但不是唯一的条件——除了平常意义上的感动之外，比如它的认识价值、教育价值、道德感，都会综合为内在的神秘力量。这同样是深深打动人心的。有的人看了一部作品哭了，这部作品却不一定好；托尔斯泰的作品一般并不让人哭，但却具有更深刻的撼动人心的力量。

经历那些粗粝的生活

书中有些东西不能当成有意的设计，它很有可能是在作者潜意识里存在的。这需要很敏悟的阅读才能理解。宁伽的“伽”，准确点应读qie，看了《荒原的沦落》这一部就明白了——但是他的好朋友小白说，另一个读法对方也从没更正，大概也可以。这符合宁伽的性格逻辑，他总是克制和收敛自己。他曾这样表述自己：有时候是一个行动感很差的人，想得很多野心很大，但却难以一一落实——这个时候武早的疯言疯语就可以把一些话痛快地说出来，因为这人是一个疯子——很多人喜欢武早，认为武早发疯时写的那些信件确实可读并常常弦外有音。这是一个疯子的意识流动。疯子的世界是斑斓的世界。疯子的意识流动具有另一种价值，他的潜意识、记忆，包含在疯言疯语之中。疯子的身份可以有大胆的言语。而另一个人，就是庄周，是非常让人痛心的角色，妒忌心重，曾是一个白马王子，长得漂亮又有才华，却妒忌另一个人的才华，犯下了不可挽回的大错。二十世纪八十年代初的“严打”曾杀了很多人，庄周就是那时候的一个出卖者，犯下了人生大罪。被枪毙的是他的一个同学，很好的少年朋友，比他更有才华，他一直妒忌，到了关键时刻就出卖了对方。这个人被枪毙了。庄周的父亲是个高官,手上也有别人的鲜血。庄周的出走不仅因为出卖朋友的负罪感，还有很多原因，比如婚姻问题。他的爱人是一个非常漂亮的四川籍妻子，跟一个叫“乌头”的家伙有染，这也使他极为绝望。所以我们要还原生活去思考问题，一个人有那么好的生活、那么优越的地位,突然失踪了,跑掉了，总有深层原因。他不可能仅仅是因为出卖了一个朋友，良心愧疚自责而逃避，妻子的问题，事业的问题,家庭的问题,这一切加在一起让其不能承受。出逃以后，他酣畅淋漓地在大地上游荡，获得滋养，在旅途上奔走，经历了很粗粝的生活。这也是宁伽所渴望的，他渴望人生有这样的释放与表达。庄周的经历,个人的理想与欲望,的确是对宁伽的一种弥补。在这种行为和心理上，在其他方面的敞开上，他又像武早，像疯子一样。那种表达的确是完全敞开的、自由的。也就是说，宁伽也渴望疯一场。有时候一个人规矩惯了，或许也要想象像一个疯子那样生活一场才好。人的欲望是多方面的，其中有一部，好像是《无边的游荡》，里面有一个人，是宁伽的朋友小白，他最后的一句话是："我疯了"，然后一个感叹号，全书结束。

疯子可以不负责任地乱说乱做，正常的人倒是拘谨。

生活不在此地

这是一个复杂的过程，写完了《古船》和《九月寓言》以后，需要新的调整。《古船》和《九月寓言》区别较大，无论从结构和语言风格等方面都不一样。它们是两极的作品。在审美上跨度这么大，中间是个开阔地带，可以在里面做很多事情。两极离得这么远，不可能是从这一端跳到那一端，而是慢慢地走过去的，是一步一步经历过来的。两极之间的各种表达都经历了，变化才不会突兀发生。所以对作者来说，必须有一场更加酣畅淋漓的表达，才能把这两极之间的所有东西都包容。那时三十岁多一点，年轻人想事情有一个缺陷，有点冒失，但是有勇气，敢于做事，易发大愿。当时去了许多地方，踏入了很多不可想象的角落——唯有“高原”对我来说是个神秘的地方，到今天为止还没有去过。总是想象这个“高原”，寄托了地理意义上的一种幻想，同时又像彭斯很著名的诗句所说：“我的心啊，在高原！”那个“高原”就不仅是地理意义上的，而是精神意义上的。说一个人不安于此地，生活不在此地，“生活在别处”，这是米兰·昆德拉一本书的名字。的确，许多人都会觉得生活在别处，而眼前的生活是暂时的，总有一天要改变、要离开。我们不安于此时此地的生活，对现状极不满意——有时甚至觉得糟透了，是用尽全身的力气去忍受——总有一天再也不可忍受，那就要彻底改变，毅然离开。许多人都会这样想，觉得个人生活太糟，这个“糟”不仅指物质方面，还有精神层面、其他层面。比如自然环境方面，早已不能容忍这样的芜杂和无序，这么脏乱，已经活得没有尊严。一个人有再多的钱、再高的地位都白搭，出门就是讲粗话、乱吐痰的人，是肮脏的街道和嘈杂的人群，生活怎么可以是这样？它必须改变。就个人来说，应该变得比现在更善良、更勇敢，更像一个人的样子——周围的环境没有力量去改造，所以才想到逃离——这个时候就觉得眼下的生活是暂时的，个人的状态也是暂时的，这一切总有一天要改变——就像我们说的总有一天要读那些没有读过的书一样。

这时候“高原”两个字对人具有非同一般的意义，它寄托了自己痛下决心告别昨天、改变自己、改变世界的一种欲望。它包含的东西比较多。在这二十二年里，书在不停地修改，一遍又一遍，好多部的开头和结尾、某个片段，改了不止几十次。全书先是写在纸上，然后再打到电脑里修改。如果在纸上改，那就更麻烦了。所以这是电脑的一个帮助。后来眼睛有点问题了，就把电脑上的字放得很大。所以不能简单反对现代科技,还要好好感谢它。改动那么厉害，但是书名从来没想到要改。

关于《柏慧》的古歌

关于《柏慧》的古歌有一些评论，有两种说法，一个说法是这个古歌是作者从半岛地区搜集来的，原来就有的——大多数人都觉得古歌是原来就有的，不太像作者创作的。绝大多数人都觉得这个古歌凭空编造，出不来那种色彩和韵致。真的出土文物和假造的东西，摆在那里是不一样的，比如说宋瓷，一个罐子放在那儿，真品是收敛的光，不放贼光。造假的东西放在那儿到处都像，就是有贼光。小说里需要那么一个古歌，它应该是出土文物，没有它，这部作品就相当单薄了，读了以后会显得“尖声辣气”——声音高八度，发出那种尖音就不美了。总之它需要有古歌在下边撑住，使它有中气。所以古歌的作用非常大。如果仔细读，不会觉得古歌突兀。这个古歌，主人公要采集它，它的出现从情节上是通的；从另一种方面看，它跟今天的现实有一种互文、观照、互相投射和弥补的关系。但真实的情况是，这首古歌完全是作者创造的，要尽可能做到以假乱真。

因为长时间参加“国际徐市（徐福）文化交流协会”的工作，做了些功课。徐市（徐福）是一个真实的历史人物，关于他的研究，日本有二十一个徐福研究会，中国也有二十一个。他跑到日本为秦始皇寻找长生不老药，以此为借口带走了中国大量的好东西。他到底带走了什么，《史记》上记载有童男童女、五谷百工，“五谷”就是种子，“百工”就是各方面的能工巧匠。他到底带走了什么，这是焦点之一。他逃离了秦始皇，因为这个专制帝王不停地杀害知识分子，不可一世。徐福出海比哥伦布寻找新大陆还要早一两千年，是个了不起的人物。他到达日本这个地方，留下了各种传说，有的说他跟当地土著混血，所以日本至今的风俗习惯和中国人差不多，许多人的长相也差不多。日本的土著很矮，颧骨很高。日本人种的形成，是从辽东半岛过去的中国人，还有朝鲜半岛过去的一部分人、蒙古族过去的一部分人，再就是土著，这样慢慢混血形成的。当年的日本是石器时代，用石斧石镰，是徐福带去了炼铁技术。日本的考古有个断层，就是从石器时代直接飞跃到弥生时代，也就是铁器时代。任何一个地方的文明都有一个自然演进的过程，从石器发展到铜器，再发展到炼铁，文明的链条从考古上不能中断，中断必有问题，那就一定是外来文明的楔入。徐福东渡是肯定了的事实，这在考古上也得到了证实。在日本新野、佐贺、新宫这些地方，都有“渡来人”的痕迹。

写关于徐福的古歌，要尽可能地还原，按照当年那个气息去作，并采用英雄史诗的粗犷和自然感。英雄史诗无论是东方还是西方，都有这样的质地。汉族没有史诗，《苦难传》也未必是。《贝奥武甫》那一类只有西方才有，中国少数民族才有。《柏慧》里面的古歌，与英雄史诗的气脉是相通的。今天已经不可能有那样的气质了，因为现代化的高楼挡着人的视界，这么多电脑、网络和汽车。那时顶多是骑骏马赶长路，人跟自然结合得紧密，眼界不一样，参照物不一样。我们现在的参照物是楼房，是园林。大山大海大河的气魄不再，所以英雄史诗只能产生在古代，不能产生在今天。自然环境决定了人，决定了文化。徐福古歌的情况是这样的，是个人杜撰的，但颇费心思。古歌到现在还令我满意。没有古歌，像《柏慧》这样第一人称的倾诉，很容易就发出尖音——尖音在歌唱里是不好的。要有中气，要有胸部的、丹田的气发出来，所以歌唱家的胸部都很发达。

书中完整地交代了古歌的产生过程。古歌叙述了莱夷人撤退之后的这一段历史，有两次战斗，一次是东进——在黄河边上有一个鱼族，也属于莱夷的同盟，他们背叛了，扮演了吴三桂引来清兵那样的角色，所以黄河边上的战役失败了，莱夷族不得不东撤。第二次是撤退之后——敌人不让他们在东部立足，所以孤竹和纪不得不穿过老铁海峡北上。当年的海峡是没有的，辽东半岛、胶东半岛和大陆都是连着的，商代以后才发生了陆沉。仔细看就不会弄错，古歌是从东撤之后开始写起的。

有人说《柏慧》与《你在高原》里面的人物和情节是可以穿起来的，为什么不把它收在《你在高原》里边？因为《柏慧》的艺术格调、它的意境，都是独立的。这跟《你在高原》的结构方式，包括语言表达，融合不到一块儿。尽管《你在高原》有四五百万字，那么复杂的呈现，但是仍然不能把《柏慧》结构进去。其实《你在高原》可以写得更长，它已经从原稿压缩了六十多万字，如果再把

《柏慧》这二十五万字加起来，又多出了八十三万字。八十三万字可以是两本，也就是说整套书成了十二本。这不必要。一首很好的小诗可以抵挡一汽车平庸的作品，作品不是越长越好，稍长一点点都要有充分的理由。作家宁可写短，而不能写长。

大读者有时比作家还要少

有些诗句我背不上来。我们那一代的少年教育有问题，背诵最好是趁少年。有一次我参加一个会议，一个老将军七十五了，背古诗张口就来，有童子功。我记忆力差，短于记忆长于感受，到哪儿都记不住东西，但是气味、感觉、滋味之类历久不忘，对细节也记得住。这是一个缺陷。现在年青人脑子里碎片不多，工作盘很大，贮备盘也很大，应抓紧时间多背一些东西。特别是中国古典，会受益无穷。特别是诗词、诸子散文都要背。听到同学背一首古诗真高兴。“无边落木萧萧下”，多好，一直想把这一首背下来。

男人流泪让人瞧不起，但是听了这首诗眼睛会湿润。这是最喜欢的一首杜甫诗。一讲杜甫就一定会涉及李白,这两个真不知道更喜欢哪一个。读好杜甫，一辈子受益不尽，枕边书放得最多的就是李杜诗篇。不同的选本都有，再忙也要读，以补中气。它对文人来说可能就是六味地黄丸。它时刻提醒我们诗是什么，让我们爱诗。当进行散文写作时——这个散文是广义的，包括小说、所有的非韵文——会少一些烟火气。小说诞生的时候带有一个胎记，就是烟火气，什么男男女女腻腻歪歪。《红楼梦》伟大，里面也有烟火气。但是烟火气过重了就很讨厌，像《金瓶梅》那一类，就成了下流的东西，不够格调。但是一味追求诗性和浪漫,也会蹈空,这应该学习杜甫,每一笔都凿得很实，都落在泥土上。感情之实，实践之实,连接了社会的每一根神经。社会的个体和集体,神经脉络完全接得通。他是一个极朴素的、既不蹈空又不中空的一个歌者。说到这里,郭沫若当年自嘲说:“郭老郭老,诗多好的少”,他自己也这样认为。是的,有时候他会凌虚蹈空。杜甫完全没有这样的问题，这一点对我们时刻都是一个提醒。真的忧患,真的情感,真的牵挂，自然朴实，高度统一，其人格从里到外是统一的，没有那些虚夸，没有因为追求所谓的诗性而背离了基本的原则,真是一个朴实的人,非常谦虚。李白比他大一点，一度李白走到哪儿他跟到哪儿，那么尊重李白。李白写杜甫的诗就少多了，他们两个情感的关系,据现在掌握的资料看,好像不是那么对等。他比李白年龄要小，跟着对方，很是崇拜。

为什么说到杜甫一定要说到李白？李白是一个所谓的“诗仙”，这一点都不错，读他的诗感觉不是常人所为，而的确是天上掉下来的仙人所为。他写的《蜀道难》，还有许多诗——他的古风很多，平仄和韵律没有多少限制，好极了——艺术这个东西，形式限制多了就影响到生命内容——李白最好的诗不少在古风里。那时李白想怎么写就怎么写,想象真是奇特,那么飘逸,但又毫不中空,从来不觉得它落不到实处。李白稍微让人感到中空的那种诗还是有的，但是杜甫没有。李白的确是一个异人,好像是不食人间烟火、具有大能量的一个人物。在当年的那种语言环境和社会体制下，还原了看李白，觉得他的胆量可真够大，真了不得。看他遣词造句，比如他写的一封自荐信，那种放纵的想象，用词之胆大，形式之新异，不是我们今人所能做到的。今天所谓的先锋派、狂人狂士多了，但往往空有豪气和狂气，只没有李白那样的令人仰视的力量去征服他人。有的先锋和狂士极其空虚，不过是一张皮。但是李白就没有这个问题。随着时间的推移，像李白、杜甫、屈原、苏东坡这些人物，会愈加显露和突出。

时间给我们鉴别的智慧和勇气。所以许多时候有人对当代中国文学界那么失望，张口就骂，好像今天的全都不行，好的全在国外或古代，这是意气用事。这里有两个问题，一是对中国的写作到底读了多少？十三亿人口中写者极多，能人极多，我们才读过多少？没有阅读的广泛和深入，就没有权利去否定。阅读才有发言权。二是时间没有给我们那么多智慧，不要说一般的读者，就是很有名的作家，也不敢说对作品一看就懂，一看就知，没有这个把握。因为文学艺术是极复杂的事物，当感受和评价它的时候，拿出全部的知识和阅历，还要加上天赋和胸怀、不带成见的包容力，有全局思想，有文学的大坐标——这些东西全加到身上，全都具备了，才能稍稍准确地把握一个作品，才能成为被众多的人、很长时间里所接受的一个公论。可以毫不夸张地说，好读者、大读者，有时候比好作家还要少。不要以为写作是难的，阅读是容易的——有人自以为虽然不会写，读出个好赖还是能够的。其实未必。要读得懂也很难。随着年龄的增长，总是越来越怀疑个人对作品的评价和看法，怀疑个人的敏锐和才华。阅读是需要才华的，才华需要巩固，在学识当中巩固，但是又要保证阅读一部作品时，敏感的才华不会随着时间流逝。有的人年轻时多么有才华多么敏感，后来却平常平庸，因为他被社会伤害了，被教育伤害了，被理论伤害了，被知识伤害了。知识是会伤害一个人的，所以也不要对知识抱有过高的期望——天才的人能控制知识，不被知识牵着牛鼻子走——当知识把人牵得越来越远的话，也就离开了才华的根柢和基础。我们警惕自己，越来越不自信，为什么？就是害怕知识，害怕成见越积越多。因为写作者会向着自己喜欢的方向去发展，当读到的一个作品违背了个人发展的方向，还能不能喜欢？这就要防止成见破坏感觉。还有一条,是要警惕生命变得苍老。每个人都面临这个问题。你们回忆一下，小时候看到一朵花、一个青蛙、一只蟋蟀，看到一个人，看到一个建筑，印象是何等的强烈。为什么？因为生命还是新鲜的,眼睛是新鲜的，吃东西的时候还没有被地沟油给塞住过，整个的味蕾、嗅觉各方面还非常好，非常敏感。那时读到一个东西，它的好与不好一下子就强烈地刺激了你，这个时候的判断往往是入木三分的。随着时间的延长，生命的苍老，感觉系统、神经系统、五脏六腑，所有的功能都在退化，经验虽有增加，但是感觉减弱了，它减弱之后，同样一个作品，还能像原来一样刺激你打动你？刺激你的深度降低，你对它的判断就要打个折扣。它的好你感觉不到,或感觉不那么深刻了。警惕生命的苍老也没有办法，一天天变老是自然规律——或许有一些办法会减缓苍老，什么办法？就是时刻提醒自己要朴素，要保守，远离那些时髦的东西，尤其是时髦的知识，那相当于吃地沟油和味精一样，会使生命细胞老化。要尽可能地回到朴实和原初，多回忆，一次次回忆，回到质朴的事物上去。再就是不断靠记忆寻找和沟通原来，重温往昔的感动——如果这种感动减弱了很多，就要警惕了。什么东西让人变得苍老？除了时间，还有时髦的知识、社会潮流，这一切对人的腐蚀力最大。现在全世界都在摇滚，人会不自觉地跟上摇滚的节拍，进入现代的浮夸，对那种永恒的大美反而不再会欣赏了。

人苍老的速度是不同的，有的人非常单纯，到了很大的年纪还像个孩子一样好奇和单纯，这就说明他苍老得很慢，这种人很容易被美所打动。另有人老谋深算，一包心眼儿，心机无限，爱琢磨人，这种人苍老得很快，早就不质朴不单纯了。而最有力量的人是诚实的人、单纯的人和朴素的人，他们最有力量。好多人愿意动心眼，那就是康德说过的，大致的意思就是：诚实比很多机智和计谋更有力量。好多的人认为众人是有力量的，谁敢否认众人，就把大家全得罪了，所以绝对不敢强调个人的力量，而只会强调群众、人民大众的力量。看所有的权谋家，只要打算去利用民众的，就会无限度地夸大众人的力量。实际上绝非如此，真正的力量还在个人，人越多越没有力量。一个小组可以讨论出一种思想和见解来，一万个人有法讨论？所谓的“乌合之众”会是怎样的？我们看最有力量的思想、思想体系都产生于个人。马克思改变了世界，形成了冷战，一个是社会主义，一个是资本主义，他给世界想出了一个办法，所以很多人去实践他的思想体系。人多了是没有力量的。去看看那些真正有力量改造世界的思想，无论是哲学、政治、经济等等，莫不如此。凯恩斯是一个人的思想，达尔文的进化论是一个人的思想，李白、杜甫都是。个人的力量是无比强大的，众人的力量是弱小的。力量的大小与人数的增加是成反比的，人数越多力量越少。很多人不愿意承认这个事实，批判英雄史观，说只有群众才是真正的英雄，个人微不足道，只相信群众如何如何，这都是一方面的理论。列宁是群众？黑格尔是群众？弗洛伊德是群众？凡·高是群众？有人说，他们都是将群众的智慧加以提炼整合吸收，这才形成了个人的思想。其实不光从群众，还从历史——这个说法并没有否认力量产生于个人的事实，因为说到底还是个人去总结去提炼的。众人一块儿提炼，那会提炼出什么？那就打起来了。

（2012年3月30日于华中科技大学）